KB117723

여스크랩

'THE SCRAP'_NATSUKASHII NO 1980 NEN DAI

by Haruki Murakami

Copyright © Haruki Murakami, 1987
Illustrations (Chapter 2) © Mizumaru Anzai, 1987

Originally Published in Japan by Bungeisgunju Ltd., Tokyo.
This Korean edition was published by Viche Korea Books,
an imprint of Gimm-Young Publishers, Inc., in 2014
by arranged with Haruki Murakami, Japan
through THE SAKAI AGENCY and SHINWON AGENCY Co.

이 책의 한국어판 저작권은 사카이 에이전시와 신원 에이전시를 통해 저작권자와 독점계약한
김영사의 문학 레이블 도서출판 비채가 소유합니다. 저작권법에 의해 한국 내에서 보호를 받는
저작물이므로 무단전재와 무단복제를 금합니다.

이 도서의 국립중앙도서관 출판시도서목록(CIP)은 e-CIP 홈페이지(http://www.nl.go.kr/ecip)에
서 이용하실 수 있습니다. (CIP 제어번호: CIP2014003467)

1980년대를 추억하며

무라카미 하루키 · 권남희 옮김

비채

이 책에 실린 짧은 글들은 1982년 봄부터 1986년 2월까지 약 사 년에 걸쳐 〈스포츠 그래픽 넘버〉에 연재한 글이다. 연재하는 걸 싫어하고, 어떤 글이든 일 년 이상 계속 쓰면 질리는 체질인 내가 〈넘버〉에 장기 연재를 한 것은 예외 중의 예외다.

어째서 이렇게 오래 썼는가 하면 이유는 간단하다. 글을 쓰는 것이 정말 즐거웠기 때문이다. 먼저 한 달에 한두 번 〈넘버〉에서 미국 잡지며 신문을 왕창 보내준다. 보내주는 것은 〈에스콰이어〉〈뉴요커〉〈라이프〉〈피플〉〈뉴욕〉〈롤링스톤〉 등의 잡지와 〈뉴욕타임스〉 일요판이다. 나는 뒹굴거리며 잡지 페이지를 넘기다, 재미있을 법한 기사가 있으면 스크랩해서 그걸 일본어로 정리하여 원고를 쓴다. 이것으로 한 편 끝.

어떤가요, 즐거워 보이죠? 솔직히 말해 정말로 거저먹기였다.

잡지 가운데 가장 활용할 여지가 많았던 것은 뭐니 뭐니 해도 〈에스콰이어〉이고, 다음이 〈피플〉, 그리고 〈타임스〉 일요판, 〈뉴요커〉로 이어진다. 뭐, 〈피플〉은 TV 위주 콘셉트로 만들어진 것이니 잠시 제쳐놓고, 수준 높은 두 잡지 〈에스콰이어〉와 〈뉴요커〉의 엄정함에는 매번 감탄했다. 사 년 동안 매호 빠짐없이 읽고 있지만, **느슨함**이라는 것이 전혀 없다. 기획은 입체적이면서 치밀하고, 에디터들은 우수하여 대충 쓴 원고가 없다. 그러면서도 전체적으로 아주 시원스럽다. 이런 잡지를 계속 보다보니 이제 일본 잡지는 당최 못 읽겠다. 일본 잡지는 어째서 그렇게 연재와 험담과 소문과 대담이 많을까?

어쨌거나 이렇게 비교적 편하게 사 년 동안 미국 잡지를 계속 스크랩해왔지만, 막상 여든한 편을 모아놓고 차례대로 읽어보니(사실은 여든다섯 편이었지만, 네 편은 뺐다), 이러니저러니 해도 세상은 참 재미있는 곳이구나 하고 새삼 향수 비슷한 감회에 젖게 된다. 겨우 이삼 년 전 일인데 말이다! 예를 들면 '마이클 잭슨 닮은 사람 쇼'에 나온 마이클을 닮은 사람들은 지금쯤 어디서 무얼 하고 있을까 생각하면 좀 공허하기도 하고 웃기기도 하고, 묘한 기분이 든다. 맙소사, 그것은 이미 역사가 되지 않았는가. 우리는 1984년에 관해 이런 식으로 얘기할 수도 있다. 마이클 잭슨이 세계를 석권했던 그 여름……이라고.

물론 모든 것이 오래됐다는 건 아니다. 어떤 것은 잠깐의 눈속임이라고 해도, 어떤 것은 확실한 전조다. 그런 의미에서 이 스크랩북은 문자 그대로 잡탕으로, 페이지를 넘기면서 "맞아, 맞아, 이런 일도 있었지"라든가 "오오, 이런 일이" 하는 식으로 마음 편하게 '가까운 과거 여행'을 즐겨주신다면 나로서는 더없이 기쁠 것이다. 미리 말해두고 싶은 것은 내가 스크랩한 글은 대부분이 어찌 되든 아무 상관없는 사소한 화제뿐이다. 다 읽고 나면 시야가 넓어진다거나 인간성이 좋아진다거나 그런 유의 것이 아니다. 그러니까 이삿짐 싸다 벽장에서 나온 오래된 졸업앨범을 무심코 넘겨보는…… 그런 기분으로 읽어주시길.

마지막에 덤으로 도쿄 디즈니랜드가 개장하기 전 매스컴

프리뷰에 참가했던 역사적인 기사(라는 건 물론 과장된 표현)와 '올림픽과 별로 관계없는 올림픽 일기'를 실었는데, 둘 다 역시 〈넘버〉에 게재된 것이다. '올림픽 일기'는 1984년 LA 올림픽이 열렸던 십육 일 동안 내가 국내에서 무엇을 하며 보냈는지를 적은 것이다. 어떤 관점에서 봐도 중요하다고 하기는 어려운 일기로, 〈넘버〉가 대체 무엇을 목적으로 그런 제목을 달아 감동적인 올림픽 증간호 〈한순간의 빛〉에 실었는지 아직도 모르겠다.

그러나 디즈니랜드 개장과 LA 올림픽은 1980년대에 일어난 중요한 사건이라고 해도 과언은 아니므로 여기에 수록하기로 했다.

무라카미 하루키

CHAPTER 1

스크랩

1951년의 파수꾼

"벌써 삼십 년이나 파수꾼을
계속하고 있어."

이렇게 말한다고 해서 조니 벤치나 노무라 가쓰야의 얘기
는 아니다. 1951년에 J.D.샐린저가 쓴 《호밀밭의 파수꾼》 즉,
홀든 코필드 얘기다.

〈에스콰이어〉 12월호는 《호밀밭의 파수꾼》 출판 삼십 주년
을 기념해서 '중년을 맞이한 파수꾼'이라는 작은 특집기사를
꾸몄다. 소설도 생일을 축하받다니 대단한 일이다. 흔히 이십
년 지나도 평가가 변하지 않으면 그 소설은 진짜라고 하는데,
삼십 년이 지난 《호밀밭의 파수꾼》은 《모비딕》이나 《위대한
개츠비》와 어깨를 나란히 하고 미국문학의 명예의 전당에 입
성할 분위기가 농후해졌다.

〈에스콰이어〉의 자료에 따르면 《호밀밭의 파수꾼》은 판매
면에서는 《모비딕》이나 《위대한 개츠비》를 넘어섰다. 보급판
판권을 가졌던 시그넷사의 뒤를 이은 밴텀사는 지금도 한 달

에 이삼만 부의 《호밀밭의 파수꾼》을 전국 서점과 드러그스
토어에 보내고 있다.

　모두 합치면 지난 삼십 년 동안 천만 부가 넘는 《호밀밭의
파수꾼》이 팔렸다. 이것은 **빙 크로즈비**의 음반 〈화이트 크리스
마스〉에 필적하는 숫자다.

　또 《호밀밭의 파수꾼》은 현재 미국 공립학교에서 가장 빈번
하게 교재로 쓰이는 소설이기도 하다. 1950년대에 '지저분한
문체'를 이유로 박해당한 걸 생각하면 거짓말 같은 얘기다.

　《호밀밭의 파수꾼》에는 이백삼십칠 개의 'Goddamn제기랄'
과 오십팔 개의 'Bastard사생아'가 나오지만, 'Fuck성교' 혹은
'Shit똥'의 수는 영 개로, 미국인의 도덕 감각이 어떻게 변천
했는지 엿볼 수 있다는 점이 재미있다. 즉, 모든 의미에서
《호밀밭의 파수꾼》은 이미 고전이 돼버린 것이다. 나는 《호
밀밭의 파수꾼》에 대한 감상을 물어도 아무 말도 하지 않기
로 했다. 기성 특권계층의 험담을 하면 사람들이 싫어하기

때문이다.

 물론 최근 들어 레이건 정권 아래의 '도덕적 다수파'가 반反 《호밀밭의 파수꾼》 운동을 전개하여, 몇 개의 주에서는 공립 학교 도서목록에서 제외한 걸 보면, **홀든 코필드**의 영향력도 아직 쓸 만한 것 같다. 그는 명예훼손을 전혀 신경 쓰지 않고 지금도 어딘가의 호밀밭에서 묵묵히 파수꾼을 하고 있을지 모른다는 생각이 든다.

 그런데 가만히 내버려둬도 한 달에 이삼만 부가 팔리면 과 연 어떤 기분일까?

덕 치샘의 인생

〈뉴요커〉가 이달에 추천한 노령의 트럼펫 연주자는 1905년생인 덕 치샘이다. 젊은 사람들은 덕 치샘이라고 해도 아마 잘 모르겠지만, 이 사람이 해럴드 베이커와 함께 1961년에 녹음한 〈토크 댓 토크〉라는 음반은 당시 중간파 세션으로서 참으로 훌륭하여, 내가 오랫동안 즐겨 듣는 음반이기도 하다. 그러나 아직도 현역으로 활약하고 있는지는 몰랐다.

필자인 휘트니 바리에트 얘기로는 덕의 트럼펫은 과거의 빛을 잃지 않았으며, 소리도 탁해지거나 떨리는 일이 없다고 한다.

장수하는 비결은 절제다. 덕은 그렇게 얘기한다. 솔로 연주를 많이 하지 않고, 오버블로도 잘 하지 않는다. 일찍 자고 일찍 일어나며 아침은 꼬박꼬박 챙겨먹는다. 덕은 혼자 살기 때문에 직접, 청소하고 빨래하고 요리를 하고 시간이 남으면 트럼펫 연습을 한다. 바른 자세로 등을 꼿꼿이 펴고 악기를 분다. 자존심을 지키면서도 사람들과 다투지 않는다. 음악에 대

한 신념과 애정을 잃지 않는다…… 등등. 이런 생활을 하면 치매는 걸리지 않을 것 같다. 나도 배워야지.

　솔로 연주를 많이 하지 않는 것을 보면, 덕 치샘은 젊을 때와 별로 다르지 않은 것 같다. 1930-40년대의 빅밴드 황금기에 칙 웹, 맥킨지 코튼 픽커스, 테디 윌슨, 캡 캘러웨이 같은 화려한 밴드를 두루 거쳤던 데 비해 치샘의 대표적인 솔로 연주곡은? 하면 떠오르는 게 없다. 아무래도 남들 앞에 나서서 혼자 연주하는 것을 그리 좋아하지 않았던 것 같다. 이런 성격은 트럼펫 연주자 중에는 드물다. 치샘은 자신이 리드 트럼펫 연주자로 활동했던 에디 헤이우드 밴드를 아주 좋은 밴드로 꼽는다. 왜냐하면 "리더가 줄곧 솔로 연주를 해준 덕분에 내가 별로 트럼펫을 불지 않아도 됐기 때문"이란다. 하여간 독특한 사람이다.

　솔로 연주는 아니지만, CBS의 〈더 사운드 오브 재즈〉 중에서 빌리 할리데이가 부르는 〈파인 앤드 멜로〉의 오블리가토독

창 혹은 독주를 보조하는 연주는 일품이다. 그야말로 옛날 그대로의 장인정신을 가진 트럼펫 연주자다. 〈뉴요커〉가 요즘에 와서 절찬하는 이유를 잘 알 것 같다.

"내가 죽은 뒤에는 내가 연주하는 식의 재즈는 사라져버리겠지" 하고 덕은 말한다. "다들 그렇게 열심히 했는데, 이런 것이 존재했다는 사실조차 잊고 말겠지."

어째서 섹스가 재미없어졌나?

19820605 〈롤링스톤〉 3월 4일 자에 실린 섹스 특집을 소개해보고 싶다. 물론 〈롤링스톤〉의 섹스 기사이니 상당히 거칠다. 읽으면 피곤해진다.

제일 먼저 헤르페스 이야기. 잘 모르는 사람을 위해 설명하자면, 헤르페스는 신종 성병이다. Herpes라는 것은 그리스어로 '근질근질하다'는 뜻이다. 헤르페스는 두 종류로, 타입1은 '구강 헤르페스', 타입2는 '음부 헤르페스'이다. 타입1은 구강성교로, 타입2는 성교를 통해 감염된다(이런 걸 쓰는 것만으로도 무섭네). 줄곧 이성에 의한 감염이라고 전해졌지만, 최근 샌프란시스코 게이들 사이에서 유행하고 있다는 사실이 알려졌다.

증세로는 욱신거리고, 가렵고, 발진이 돋는데다 림프샘이 붓고, 근육통이 생기며, 열이 난다. 이런 증세는 몇 주 만에 진정되지만, 진정됐을 때는 바이러스가 이미 신경절까지 침투해 있으며, 스트레스가 이것을 자극하여 정기적인 피로와

생리불순으로 나타난다. 더 무서운 것이 있다. 음부 헤르페스
에 걸린 여성의 자궁경관부 발암률은 비감염자보다 여덟 배
나 더 높다. 게다가 이런 증세는 최근 들어 겨우 밝혀진 것이
어서, 그 전체상은 아직 확실하지 않다. 끔찍하다.

그런데 더 무서운 숫자가 있다. 웬걸, 이천만 명의 미국인
이 이 헤르페스에 걸렸다는 것이다. 더욱이 그 가운데 10퍼센
트는 구강, 음부 양쪽 헤르페스를 동시에 갖고 있다. 그리고
치료법은 **없다**.

이 병이 재미있는 것은(재미없는 건가) 지식층·중산층 환자
가 많다는 것이다. 십대보다는 이십대 후반, 삼십대에 많다.
게다가 대학, 대학원 졸업자가 환자의 50퍼센트를 차지하고
있다. 고졸 이하의 환자(취학 기간 십이 년 이하)는 겨우 21퍼
센트이다. 즉, 한창 일할 나이의 엘리트들이 잘 걸린다는 것이
다. 피임약 필과 구강성교, 프리섹스, 스와핑 때문이다. 그래
서 이 병을 예방하려면 무턱대고 여러 상대와 잠자리를 하지

않을 것, 콘돔을 사용할 것, 이것밖에 없다. 시대가 조금씩 과거로 돌아가고 있는 셈이다.

그런데 〈롤링스톤〉의 다음 페이지는 '임신조절 블루스'라는 글이 실려 있다. 지식층 여성 사이에서는 필 사용률이 현저히 떨어져서(80→50퍼센트), 그것이 부부 사이에 심각한 위기를 초래한다는 리포트였다.

이 기사도 꽤 재미있지만 소개할 공간이 없으므로 패스.

성욕을 감퇴시키고 싶은 사람은 〈롤링스톤〉 3월 4일 자를 꼼꼼히 읽어보기 바란다. 특집기사 제목은 '어째서 섹스가 재미없어졌나?'.

레지 잭슨과 빌리 조엘,
두 사람이 100만 달러를 버는 방법

한가하고 호기심 많은 사람이라면 분명 마음에 들어할 것 같은데,《THE BOOK OF PEOPLE》(PERIGEE BOOK, $9.95)이라는 책이 있다. 제목이 가리키는 대로 약 오백 명의 미국 유명 인사를 뽑아서 그들을 소개하는 글과 자료를 실은 책이다. 자료에는 생년월일, 키, 몸무게, 눈동자 색, 별자리, 학력, 종교, 가족구성, 취미, 흡연 여부, 성격, 주소(번지까지는 물론 싣지 않았다), 연수입 등이 있다. 이런 책은 그리 도움이 될 일이 많지는 않지만, 그러나 도움이 되고 말고를 떠나 재미있다. 무심코 한 장 두 장 넘기다보면 반나절이 후딱 지나가버린다. 그런 책이다.

예를 들어 레지 잭슨의 페이지를 펼쳐보면 '1946년 5월 18일생. 6피트 2인치약188센티미터. 눈동자와 머리는 검은색, 황소자리, 고졸, 개신교. 1972년에 이혼한 이후 독신, 자녀 없음. 취미는 자동차와 레지 잭슨(이상하네), 비흡연, 술은 이따금, 무뚝뚝함. 주소는 뉴욕과 오클랜드. 연수입은 130만 달러'라고 나

와 있다.

　뉴욕에 있는 아파트는 5번가에 있으며, 집에는 미술품이 넘쳐난다. 오클랜드 교외에 10만 달러 상당의 분양맨션을 갖고 있으며, 샌프란시스코에서 자동차 딜러를 하고 있다. 차는 롤스로이스 외에 몇 대의 클래식 카를 소유…… 이런 식으로 재산을 조사해놓았다. 레지 잭슨 씨는 경제적으로도 상당히 탄탄하다.

　자, 130만 달러라는 연수입 말인데, 이것을 다른 유명인의 연수입과 비교해보자. 대체로 비슷한 사람이 124만 달러의 빌리 조엘이다. 다이앤 키튼은 110만 달러, 에드워드 케네디는 100만 달러(정말?)다. 헨리 키신저가 정확하게 똑같은 130만 달러. 연수입이 대충 그 정도인 유명인을 대충 적어보자면 다음과 같다.

・제리 루이스, 130만 달러

- 케니 로긴스, 120만 달러
- 조니 마티스, 120만 달러
- 월터 매소, 120만 달러
- 조 네이머스, 120만 달러

별것 아닌 일이지만, 이런 목록을 만들다보면 점점 흥미가 생긴다. 지명도와 연수입이 정비례하지 않는 것도 재미있다. 예를 들어 폴 뉴먼의 연수입은 249만 달러인데 추억의 가수 웨인 뉴턴의 연수입이 1,000만 달러라는 것도 감이 잘 오지 않는다. 무엇보다 내 연수입과는 단위부터 다르다. 난감한 일이다. 별로 난감한 일이 아닌가……

〈뉴요커〉의 소설

19820720 저마다 외국 잡지를 읽는 법이 있다. 광고만 체크하는 사람도 있고, 서평만 읽는 사람도 있고, 레이아웃만 보는 사람도 있고, 최신 정보 칼럼을 찾아 헤매는 사람이 있는가 하면 핀업만 좋아하는 사람도 있다. 나는 한때 미국판 〈플레이보이〉의 인생상담 코너만 읽었다. 나라가 그렇게 넓으니 실로 다양한 고민과 질문이 올라와서 재미있었다. 같은 고민이어도 일본인의 경우와는 조금 포인트가 다르다.

그러나 뭐니 뭐니 해도 잡지를 읽는 즐거움 중 하나는 훌륭한 단편소설을 만나는 것이다. 신간 잡지 목차에서 좋아하는 작가의 이름을 발견하는 것도 기쁘고, 들은 적도 없는 작가의 글을 읽다가 기분이 좋아질 때도 있다. 확실히 미국에서도 최근에는 소설, 특히 단편은 시들해져서 예전의 〈에스콰이어〉나 〈플레이보이〉처럼 새 잡지가 올 때마다 설레는 일은 덜하지만, 그래도(이렇게 말하긴 뭣하지만) 일본 잡지보다는 재미있는 소설이 많다.

　　최근에는 〈뉴요커〉에 실린 레이먼드 카버의 〈내가 전화를 거는 곳〉과 도널드 바셀미의 〈벼락Lightning〉, 이 둘을 추천한 다. 카버는 늘 그렇듯이 금세 반할 정도로 좋은 단편이다.

　　〈벼락〉은 〈포커스〉(물론 〈피플〉을 패러디한 잡지)에 게재한 것으로 '벼락을 맞고도 살아남은 사람들'을 인터뷰한 프리랜 서 작가 이야기다. 별다른 내용도 아닌데 발상과 문체가 좋아 서 잘 읽힌다. 마무리도 과연 바셀미답게 깔끔하다. 이런 작 품은 단편집의 한 편으로 읽기보다는 잡지에 독립적으로 실 린 걸 읽는 편이 좋은 것 같다. 나는 엘러리 퀸 식으로 '독자 에 대한 도전'이라고 부르지만, 처음부터 수법을 털어놓고 어 디까지 독자를 끌어들일 수 있는가 하는 기교의 쇼케이스인 것이다.

　　그것과 달리 〈내가 전화를 거는 곳〉은 꾸밈없이 담담한 문 체의 소설이다. 그러나 카버의 문장은 잠시도 멈추지 않고 앞 으로 돌진해간다. 알코올 중독으로 요양원에 들어간 주인공

이 같은 환자 처지인 청년과 마음을 주고받는 얘기인데, 어두
운 소재이지만 비장하게 흐르지 않는 면이 좋다. 술술 읽히는
데다 다 읽고 나면 마음에 뭔가가 남는다. 훌륭한 단편이란
그런 것이다.

늙는다는 건 어떤 것일까

최근 '스니커 미들스니커를 신는 등 실용성을 추구하는 미들에이지'이라는 말이 자주 쓰이는 것 같다. 이른바 '단카이세대전후 일본의 베이비붐세대'가 나이를 먹은 것이다. 그러잖아도 숨 막히는 세대인데(나도 그 일원이지만), 그들이 다들 중년이 되면 대체 어떻게 될까, 생각만 해도 마음이 무겁다. 아래 세대는 더욱 힘들 것이다. 진심으로 동정한다.

사람은 모두 나이를 먹는다. 그건 누구나 안다. 그러나 실제로 나이를 먹으면 어떻게 되는지는 좀처럼 알지 못한다. 머리가 벗어진다는 건 어떤 느낌이며, 성욕은 어느 정도가 있는지, 노안은 어느 정도 불편한지. 알지 못하는 이유는 그것이 생리적인 것인 동시에 '생각하고 싶지 않다'는 의식도 미묘하게 작용하기 때문이다. 그야 당연하다. 20세의 건강한 청년이 '어차피 나이 먹으면 배 나오고 머리 벗어지고 신장병으로 죽을 테니'라고 생각한다면, 할 수 있는 일도 못 할 것이다.

그러나 〈에스콰이어〉 5월호는 이 '남성의 노화'라는 문제에

당당하게 정면으로 맞섰다. 제목은 'How a Man Ages'. 남자가 어떻게 나이를 먹어가는가, 제목부터 실감나는데 읽다보면 한없이 우울해진다. 남성잡지에서 **잘도** 이런 우울한 특집을 다뤘구나! 감탄스럽기도 하다. 〈넘버〉나 〈브루터스〉〈플레이보이〉라면 이런 기획은 좀 무리이지 않을까.

내용은 너무나도 세세하여 내가 일일이 소개할 수는 없지만, 상당히 본격적인 통계와 일러스트까지 더해 참으로 리얼하다. 이를테면 아침 발기|awakening with erection 횟수 같은 것도 실려 있다. 20세가 월 6회, 30세가 7회, 50세가 5회, 70세가 2회였다. 사정 횟수는 20세는 연 104회(중 자위 49회), 30세는 121회(10회), 50세는 52회(2회), 70세는 22회(8회)라는 것이다. 이것은 물론 미국인의 통계이니 조금 다르더라도 별로 고민할 건 없다고 생각한다.

자, 그럼 어떻게 하면 비교적 편하게 나이를 먹을까? 〈에스콰이어〉는 '포기하는 것이다'라고 결론을 내렸다. 포기하고 자신의 나이를 흔쾌히 받아들이는 것이다. 아무리 버둥거려도 노쇠는 제 지분을 확실하게 챙긴다.

그러나 그런 우울함이 싫다면 마음에 드는 직업을 찾아 많은 돈을 벌면서 매일 아침 조깅을 하면 좋다고 한다. 일시적인 위안이겠지만 그러지 않는 것보다는 나을 것 같다.

호랑이 눈·'로키'·스탤론

19820905 요전에 〈로키3〉을 보러 갔다. 평일 첫 회였는데 상당히 붐벼서 지정석 끝자리밖에 비어 있지 않았다. 세상에는 한가한 사람이 참 많은 것 같다. 아침부터 샐러리맨으로 가득한 영화관은 처음 보았다. 그건 그렇다 치고 〈로키3〉은 정말 재미있는 영화다. 줄거리는 너무 뻔하지만 그래도 재미있다. 나는 대체로 뻔한 것을 좋아해서 그 뻔한 부분을 재확인하기 위해 〈스타워즈〉도 〈슈퍼맨2〉도 세 번씩 보았다. 그래도 뻔하다고 그저 다 좋은 건 아니다. 그 점이 어렵다.

〈롤링스톤〉 7월 8일 자에 미스터 로키=실베스터 스탤론 특집이 실렸다. 이 기사를 읽으면 '로키' 시리즈의 매력이 무엇인가 하는 것이 제법 확실히 보인다. 간단히 말해 로키는 완전히 스탤론이며, 스탤론은 완전히 로키다. '로키'가 뻔한 시리즈라고 한다면 스탤론의 인생도 뻔한 인생이다(어쩌면 누구의 인생이건 뻔한 인생이다).

가난한 무명 청년에서 하룻밤 사이에 스타덤에 오른 로키

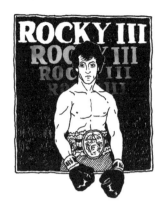

는 바로 스탤론이며, 부자가 되어 '호랑이 눈'을 잃은 로키도 바로 스탤론이며, 사랑과 신뢰와 활력을 되찾아 세번째 도전에 전부를 건 로키도 스탤론이다. 〈롤링스톤〉에 실린 스탤론의 고백을 읽으니, 어느 쪽이 영화이고 어느 쪽이 실생활인지 알 수 없을 정도다.

"〈로키2〉를 만든 뒤에 삼부작 완결편도 만들고 싶었지만, 괜찮은 줄거리가 생각나지 않았다. 줄거리가 될 만한 일이 내게 실제로 일어나기 전까지는."

신의 계시라고 본인은 말하지만, 딱히 그 정도는 아니다. 여자, 술, 사치, 실망…… 성공에 꼭 따라다니는 흔히 있는 얘기다. 그러나 그 흔히 있는 얘기를 '신의 계시'라 생각하고 대작 영화를 만들어 히트시킨 점이 스탤론의 대단한 점이다.

나도 집으로 돌아와 세면대 거울 앞에 서서 '내게는 아직 호랑이 눈이 있을까?' 하고 보았지만 유감스럽게도 없었다. 애당초 그런 건 없었던 것이다.

스페인의
작고 행복한 마을의 벽화

19820920 〈라이프〉 과월호를 읽는데 칼토하르(라고 생각한다, 정확하게는 Caltojar)라는 스페인의 작은 마을 사진이 실려 있었다. 이 마을은 마드리드 북서쪽으로 160킬로미터쯤 떨어진 곳에 있으며, 인구는 이백칠 명, 전화는 마을 전체에 한 대밖에 없다. 사람들은 콩을 재배하거나 양을 키운다. 아주 평범한 마을이다.

어째서 이런 평범한 마을이 〈라이프〉에 실렸나 하면, 이 마을의 벽이라는 벽에는 마을 사람들 손으로 직접 그린 피카소 명화가 빼곡하게 그려져 있어서다. 청색시대부터 '게르니카'에 이르기까지 피카소의 명작이 망라되어 있는데, 깜짝 놀랄 만큼 잘 그렸다. 전문가에게 지도를 받거나 그림 교실이 있었던 것도 아니고, 피카소 탄생 일백 주년 기념에 즈음하여 마을의 누군가가 "해볼래?" 하고 말을 꺼내서, 모두가 "그래, 하자!" 하고 찬성한 게 전부다. 원화라고 해도 잡지에서 오린 것이나 그림엽서 정도다. 그걸 슬라이드 필름으로 만들어 투사기로 벽에 비추어서 분필로 윤곽을 잡고, 해가 있는 동안에 색칠을 했다.

마을 주민의 대부분은 노인과 아이들이다. 마을 곳곳에서는 초등학생들이 모여 "피카소 블루는 어떻게 만들면 될까?" 이런 얘기를 하고 있다. 다들 어찌나 집중해서 하는지 일요일이 되어도 교회에 가는 사람이 없다. 목사님만 혼자 화를 내고 있다…… 이런 얘기다.

〈라이프〉 기사의 이 사진을 보고 절실히 느꼈는데, 스페인의 바싹 마른 하얀 벽에는 피카소 그림이 참으로 잘 어울렸다. 같은 하얀 벽에 그린 그림이어도 시부야의 파르코와는 상당히 다르다(큰 소리로 할 얘긴 아니지만, 그건 보기만 해도 질린다). 칼토하르의 피카소는 마을 풍경과 사람들의 일상에 자연스럽게 녹아들었다. '세 명의 음악가' 벽화 앞에 두 명의 검은 옷을 입은 아주머니가 머리에 돼지고기 내장을 담은 양동이를 이고 걸어가고 있다. 물론 사진 구도에 따라 다르겠지만, 햇빛이나 건물 그림자, 가로수 색까지 전부 피카소의 배색과 조화를 잘 이루었다. 풍토란 참으로 대단하다.

또 한 가지 굉장한 것은 마을 사람들이 한 가지 일에 열중한다는 사실이다. 이런 일, 일본에서는 좀처럼 생각할 수가 없다. 제각기 피카소 그림을 하나씩 할당받아 거기에 몰두하고 있다. 부럽다면 부러운 얘기다.

칼토하르 마을은 이 피카소 벽화 덕분에 완전히 유명해졌지만, 마을 노인들은 거기에 대해 적잖이 넌덜머리를 내고 있다. "주말이 되면 타지 사람들이 그림을 보러 와. 매일 넉 대씩이나 차가 들어와서 위험해 죽겠어"라는 것이다. 이런 마을에 한번 살아보고 싶다.

존 어빙과 부부 불화

19820005 〈롤링스톤〉 8월 5일 자를 보다보니, 존 어빙의 걸작으로 대형 베스트셀러였던 《가프가 본 세상》의 영화 광고가 나왔다. 주연이 로빈 윌리엄스, 감독은 〈제5도살장〉의 눈물의 천재 조지 로이힐, 7월 23일 미국 전역에 일제히 공개, 워너브러더스사 작품이다. 이것은 어떡하든 봐야 한다.

그런 생각을 하면서 〈피플〉 7월 12일 자 가십난(잡지 전부가 가십난 같긴 하지만)을 읽다가 우연히 존 어빙의 별거 기사를 만났다. "존의 갑작스러운 성공은 우리 결혼생활에 좋은 영향을 가져오지 못했어요." 아내 샤일러(39세)는 말했다. 존은 40세, 결혼한 지 십팔 년차로 아주 금실 좋은 부부로 알려졌다. 샤일러는 프로 사진작가이기도 하다. "별거하는 데는 별 이견이 없었어요." 그녀는 덧붙였다.

그녀는 지금 버몬트에 있는 집에 틀어박혀 소설을 집필하고 있다. '붕괴와 분열의 이야기'라고 한다(별것 아니긴 하지만 작품을 완성하기 전에 자랑을 흘리는 사람치고 좋은 소설

을 쓰는 사람이 별로 없다). "아마 존과 함께 있었더라면 소설
쓸 마음이 들진 않았겠죠." 어빙 씨는 버몬트의 집을 나와 햄
프턴 비치에 있는 집과 맨해튼에 있는 아파트를 오가고 있는
모양이었다. "그는 집필하고 있으니 행복하지 않겠어요?" 샤
일러는 담백하게 말했다.

존의 갑작스러운 성공은 우리 결혼생활에 좋은 영향을 가
져오지 못했어요—라니, 참 슬픈 대사다. 미국에서 '성공'의
기준은 대체로 연수 100만 달러 이상이니 나 같은 사람은 아
직 한참한참 멀었다.

같은 〈피플〉에 실린 유명인의 이혼 이야기를 계속해서 보
니, 카펜터스의 카렌 카펜터(32세)가 남편 톰 뷰리스 씨(41세)
와 헤어졌다. 카렌은 결혼 당시(1980년)에 "그는 내가 줄곧 찾
아왔던 이상형이에요. 자상하면서도 강하죠"라고 말했다. 당
시 기사 제목은 '그들은 이제 막 시작했을 뿐이다 THEY'D ONLY
JUST BEGUN'.

그리고 비치보이스의 핸섬 보이 데니스 윌슨은 헤어진 부인이 매달 1만 달러의 생활비를 요구해서 고생하고 있었다. 그는 전전처에게도 매달 2,600달러를 보내고 있다고 한다. 게다가 빚이 전부 53만 달러나 있다고. 맙소사.

뉴욕 재즈클럽 순례

19821020 오래 전에 안자이 미즈마루 씨한테, 뉴욕의 한 재즈클럽에서 텔로니어스 멍크가 자기한테 담배를 한 개비 달라고 했다는 얘기를 들은 적이 있다. 무라카미 류 씨한테도 역시 뉴욕의 어느 재즈클럽에서 스탠 게츠에게 담뱃불을 붙여준 적이 있다는 얘기를 들었다. 나는 유감스럽게도 뉴욕 재즈클럽에 가본 적은 없지만, 재즈클럽이라고 하면 어째선지 담배 이야기가 나오는 점이 재미있다. 이러는 나도 1968년인가 1969년에 '피트 인'에서 와타나베 사다오 씨한테 성냥을 빌려준 적이 있다.

〈에스콰이어〉 7월호에 뉴욕의 재즈클럽을 소개하는 기사가 실렸다. 필자인 게리 기딘스 씨 얘기로는 '재즈클럽'이라고 해서 결코 폼만 재는 그런 곳이 아니라, 단골손님을 접대하기도 하고, 남자끼리의 편안한 모임 장소로 이용하기도 하고, 스크래블 게임을 하는 데도 적합한 분위기 좋은 바 같은 곳이라고 한다. 기딘스 씨는 무엇보다 그냥 술집 경영인이 아니라 아마추어 재즈 마니아가 경영하는 것이 장점이라고 말한다. 그런 분위기라면 동서를 불문하고 정말 좋지.

'빌리지 뱅가드'라든가 '스위트 바질'이라든가 '블루노트'같이 일본에도 비교적 잘 알려진 곳은 제외하고 몇 군데 소개해 보자면, 일단 세븐스 에비뉴 사우스에 있는 이름도 같은 '세븐스 에비뉴 사우스', 주인은 그 유명한 브레커 브러드스로 이 가게의 출연자 중에는 스튜디오 뮤지션이 많다(필자는 끔찍한 퓨전뮤직이라고 말한다). 1층은 시끌벅적한 재즈바이고 2층은 클럽이다.

블리커 스트리트와 톰슨 스트리트 모퉁이에 있는 '러시 라이프'에는 덱스터 고든과 쳇 베이커 같은 창립멤버 뮤지션이 출연한다. 요리도 맛있고 인테리어도 꽤 고상하다. 게다가 가끔 세실 테일러 같은 빅밴드가 출연한다니 굉장하다.

193번가의 '팻 튜즈데이'는 뉴욕에서는 가장 혁신적이고 야심적인 재즈클럽이다. 출연자는 스탠 게츠, 밀트 잭슨, 디지

길레스피, 맥코이 타이너 같은 유명한 뮤지션의 무대가 많고, 가끔은 라틴밴드도 등장한다. 이 가게의 특징은 어느 테이블에 앉아도 균형이 잘 맞는 훌륭한 소리로 연주를 즐길 수 있다는 것이다. 2층은 레스토랑이어서 제법 제대로 된 요리를 먹을 수도 있다고 한다.

이런 기사를 읽다보면 재즈를 틀어놓고 맥주를 마시며 스크래블 게임을 하고 싶어진다. 실은 요즘 한창 스크래블 게임에 빠져 있다.

포 헌드레즈의 성쇠

뉴욕에 관한 오래된 기사를 읽다보면 '포 헌드레즈'라는 말이 곧잘 나온다. 스콧 피츠제럴드의 에세이에도 '연배가 있는 사람들이 아무리 포 헌드레즈의 존재를 믿으려 해도 뉴욕은 점점 변해간다'고 하는 기술이 나온다. 이것은 1920년경의 상황에 관한 문장이다. '포 헌드레즈'란 간단히 말해 '상류사회', 즉 뉴욕 사교계의 중추를 이루는 사백 개의 명문가를 의미한다.

이것은 1892년 워드 맥앨리스터라는 인물이 멋대로 그 사백 개 가문의 목록을 작성하여 출판한 것이 발단이었다. 그러나 어째서 사백이라고 했는지는 잘 모른다. 실제로는 삼백 남짓한 목록이 작성되었기 때문이다. 맥앨리스터 씨는 영국에 대항할 신귀족 계급을 형성하는 데 목적이 있었던 것 같지만 그 계획은 물론 순조롭지 않았다. 피츠제럴드가 말했듯이 미국 사회가 가진 본질적인 활력이 그런 유한계급의 존재를 허락하지 않았기 때문이다.

그러나 이 1982년 여름, 뉴포트 뮤직 페스티벌의 이벤트로 진짜 '포 헌드레즈' 후예들을 초대한 대무도회가 열렸다.

〈피플〉에 따르면 장소는 비치우드에 있는 애스터 가의 여름 별장(방이 마흔여덟 개나 됨)으로 초대 손님 가운데는 밴더빌트, 라인랜더스, 재닛 오친클로스(재키 오나시스의 어머니) 같은 진짜 어마어마한 얼굴도 있었다고 한다. 그러나 전체적으로 보면 200달러를 내고 티켓을 산 손님 가운데는 진짜 '포 헌드레즈'와는 거의 무관한 사람도 섞여 있었던 것 같다. "생활이 곤란한 사람이 많았어요. 내가 아는 여자분은 **그림선생**을 하고 있을 정도니까요" 하고 **진짜** 포 헌드레즈의 후손인 헬렌 라니어 양은 이렇게 말했다. 그야말로 '사양斜陽'의 세계다.

참고로 그날 밤 디너 메뉴는 비프 메달리온과 마코모벼과의 식물로 한국어명은 '줄' 요리와 피치멜바, 거기에 시카고 시티 발레단의 공연이 있었다. 향수라고 하면 그만이지만, 뭔가 음산한 분위기가 감도는 구십 년 만의 명문 동창회다.

수정구슬과
허수아비 고양이와 이글캡

미국 잡지를 읽다보면 종종 기묘한 광고를 만난다. 별로 기묘할 것도 없다 할 수도 있지만, 역시 기묘하다.

예를 들어 〈뉴요커〉에 실린 'Gazing Crystal'(점치는 수정구슬) 광고 같은 것도 그중 하나다. 점을 보는 구슬이라고 해서 절대 오컬트 상품이 아니다. 795달러나 하는 엄연한 수정 장식품이다. 지름 12센티미터에 석조 받침대가 붙어 있다. 광고 문구를 보면,

'수정구슬은 그 속에서 미래를 발견할 수 있다고 믿는 많은 사람에게 미래의 상을 보여줍니다. 스토벤사의 수정구슬은 한 점 얼룩도 없이 당신을 명상의 세계로 초대합니다.'

이러고 있다. 일본어로 옮기니 더욱 과대광고처럼 돼버렸지만, 영어 문장에서는 이쪽으로든 저쪽으로든 편하게 받아들일 수 있도록 신중하게 단어를 골랐다. 요컨대 "뭔가 보인다고 믿으면 뭔가 보이지 않습니까? 자, 해보세요" 하는 식이다. 그냥 장식품으로 써도 나쁘지는 않다.

그렇지만 말이다. 고작 지름 12센티미터의 수정 구슬을 24만 엔씩 주고 사는 사람이 있을까? 있어도 나쁘진 않겠지만, 그래도 뭔가 수상쩍은 광고다. 정말로 미래가 조금이라도 보인다면 2,000만 엔이어도 이상할 게 없다. 경마로 본전은 뽑을 테니.

그리고 손해는 안 볼 것 같은 것으로는 'French Scare Cats' 광고도 있다. 번역하자면 '프랑스식 위협용 고양이'다. 이건 대체 뭔가 하면, 정원에 들어오는 새나 동물을 쫓아내기 위해 말하자면 **허수아비** 역할을 하는 고양이 모양 양철판이다. 색은 검정이고, 눈에는 반짝거리는 유리구슬이 박혀 있다. 얼굴만 있는 것은 지름 15센티미터로 6달러 50센트, 온몸까지 있는 것은 길이 35센티미터에 16달러 50센트. 그리 비싸진 않다. 얼굴 생김도 귀여워서 일본에서도 꽤 팔릴지도 모르겠다. 나도 하나 사고 싶다.

그런데 담에 매달아놓은 양철판 검은 고양이로 정말로 침입하는 짐승이나 새를 쫓을 수 있을까? 의문이다. 매일 아침 정원에 들어와서 똥을 싸고 가는 이웃집 개는 아마 아무렇지도 않을 텐데. 일본에 수입된다면 한번 시험해보고 싶다.

이밖에 '이글캡'이란 것이 있다. 독수리가 그려진 남성용 샤워캡으로 ONLY 5.95달러란다. 대체 어디 사는 누가 독수리 그림이 있는 샤워캡 같은 걸 갖고 싶어할까. 잘 모르겠다.

미국 마라톤 사정

19821220 혼자서 날마다 꾸준히 달리다보면, 마라톤 대회에
한번 나가보고 싶다는 생각을 하게 된다. 이것은 누구나 그렇
지 않을까 싶다. 미국은 조깅이 보편화한 나라여서 꽤 많은
대회가 있다. 그러나 그 대부분은 '파이브 마일러'(라는 것은
8킬로미터 정도)이거나 '텐 케이'(10킬로미터)다. 그래서 다리
에 자신이 있는 헤비 조거jogger들은 "우리가 그런 걸로 만족할
줄 아느냐" 하게 된다. 일단 26마일, 42킬로미터의 풀코스 마
라톤이야말로 그들의 목표점이다. 그다음에는 철인삼종 경기
나 울트라 마라톤 같은 것이 있지만, 뭐 일반 시민으로서는
이 정도가 한도라고 해도 좋을 것이다.

〈에스콰이어〉에 이런 달리기 중독자를 위한 마라톤 안내가
실렸다. 기사에 따르면 풀코스 마라톤에 출장하고 싶은 사람
에게 필요한 훈련량은 '일주일에 80킬로미터씩 두 달 동안 계
속 달리는 것'이다. 하루에 약 12킬로미터를 달리는 것이다.
이것을 해내지 못하면 마라톤에 출전할 자격이 없다고 한다.

미국에서는 연간 약 사백 개의 풀코스 마라톤 대회가 열린다. 마라톤 인구가 많고 국토가 넓기 때문이겠지만, 부러울 따름이다. 그중 빅3을 들자면 ①보스턴 ②뉴욕 ③호놀룰루가 된다. 가장 권위 있는 것은 뭐니 뭐니 해도 전통 있는 보스턴 마라톤이다. 여기에 정식 출장하려면 자격 심사를 받아야 한다. 구체적으로 말하자면 40세 이하 선수라면 두 시간 오십 분, 40부터 49세까지 세 시간 십 분의 기록이 요구된다. 그 이하의 사람은 출발선 저 뒤쪽에서 출발해야만 한다. 뒤에서 출발하면 출발선까지 오는 데만 오 분 정도 걸린다.

보스턴 마라톤의 요령은 처음에 너무 달리지 않을 것. 너무 달리면 약 18마일 지점에 있는 마의 심장파열언덕Heartbreak Hill 에서 나가떨어진다.

가장 인기 있는 대회는 뉴욕 마라톤. 1981년에는 사만 명이 참가를 신청하여 일만육천 명이 달렸다. 꼭 참가하고 싶은 사람은 신청 개시 전날 밤부터 맨해튼 우체국 앞에 줄을 설 것.

아니면 1,000달러의 회비를 내고 '뉴욕 로드러너스 클럽' 회
원이 될 것. 마라톤에 출전하기도 전에 지쳐버릴 것 같은 얘
기다.

그 사람은 지금 이렇게 지내고 있다

보비 베어 편

19830120 여러분은 보비 베어라는 가수를 기억하시는지? 컨트리 뮤직을 좋아하는 분이라면 알지도 모르겠다. 1963년경에 '디트로이트시티'라든가 '500마일' 등을 히트시킨 가수다.

〈피플〉에 따르면 보비 베어는 올해로 47세가 되었지만, 아주 건강하여 잠시도 쉴 틈 없이 남부 여러 주에서 콘서트 투어를 계속하고 있다. 인기도 좋은 것 같다. 이런 뮤지션의 레코드는 일본에는 전혀 들어오지 않고, 싱글레코드가 '빌보드'나 '캐시박스'의 100위 안에 들지 않으면 이름도 볼 수 없으니 도통 소식을 알 수 없다. 이미 한물가지 않았을까 싶기도 하지만, 빅 차트에 올라야지만이 음악은 아니다. 그런 데 관계없이 제대로 일을 하고 제대로 평가받는 사람들도 많이 있다.

베어 씨는 일 년 중 두 달을 자택에서 보낸다. 그사이에 LP 레코딩을 마치고 나머지 십 개월을 콘서트 투어로 보낸다. 새 음반의 홍보와 판매를 위한 투어다.

"최근에는 킨트리가수도 늘어서 말이죠" 하고 베어 씨는 말

한다. "한가하게 늘어져서 결과를 기다릴 수도 없어요. 열심히 하거나 아니면 사라지거나 둘 중 하나죠."

그는 지역축제나 로데오 대회, 지방 TV방송국, 행사, 나이트클럽 등을 계속 돌아다닌다. 이동수단은 총 길이 40피트의 특별주문 버스로, 부엌이며 욕실이며 호화로운 방까지 딸려서 그 유지비와 백밴드 월급만으로 한 주일에 2만 달러가 나간다. 얼마 전에 윌리 넬슨이 컨트리가수 역을 맡았던 〈허니서클 로즈〉라는 영화가 있었는데, 바로 그런 세계다. 날마다 이곳에서 저곳으로 이동하며 노래를 부르고, 빙그레 웃으며 LP재킷에 사인을 한다.

그러나 베어 씨는 몹시 즐거워 보였다. 옛날처럼 히트송을 내기 위해 원치 않는 팝송을 억지로 부르지도 않는다. 좋아하는 컨트리송을 부르는 것이 최고다.

"마음에 들지 않는 노래는 절대로 레코딩하지 않아요. 안 그러면 그 노래가 크게 히트할 경우 죽을 때까지 불러야 하니까. 그런 건 싫습니다.”

그는 미인인 부인과 둘이 즐겁게 살고 있다.

그 사람은 지금 이렇게 지내고 있다

웨인 뉴턴 편

19830205 웨인 뉴턴이라는 이름을 듣고 누군지 모르겠다는 사람이어도, 이십 년 전에 보이 소프라노 같은 목소리로 '블루 레이디에게 빨간 장미를' '당케쉔' 같은 노래를 부른 가수라고 하면, 아아, 그 사람, 하고 기억하지 않을까? 그렇다, 그 사람이 웨인 뉴턴이다. 당시 그는 피부가 뽀얗고 통통한 청년이었는데 새된 목소리로 노래를 불러서 사람들에게 곧잘 웃음을 샀다.

그리고 이십 년이 지난 지금 웨인 뉴턴은 프랭크 시나트라나 엘비스 프레슬리를 능가하는 라스베이거스 최고 스타로 군림하고 있다. 그는 현재 하룻밤에 두 번의 쇼를 열고 있다. 그것도 일주일 내내 휴일 없이. 한 해에 사십 주를 하니 전부 오백육십 회의 공연을 하는 셈이다. 웨인 뉴턴은 그걸 십오 년 동안 꾸준히 해오고 있는데, 단 한 좌석도 빈자리가 나지 않는다. 라스베이거스가 생긴 이래 처음인 기록이라고 한다.

물론 수입도 좋다. 공연만으로도 한 달에 100만 달러를 번다. 게다가 그는 카지노 주인이기도 하다. 아라비아말을 사육하는 목장도 갖고 있고, 자가용 제트헬리콥터를 조종하며 복원된 듀센버그를 비롯해 앤티크 자동차 컬렉션을 소유하고 있다. 본인 말로 '아메리칸드림을 실현한 사람'이다. 다른 사람의 말을 빌리자면 "웨인 뉴턴이 없는 라스베이거스는 미키마우스가 없는 디즈니랜드나 마찬가지"라고 한다. 어쨌건 대단하다.

웨인 뉴턴은 이제 뽀얀 피부의 통통한 청년이 아니다. 키는 185센티미터, 가라테 검은띠의 마초맨이다. 최근에도 마피아 똘마니를 둘이나 때려눕혀 큰 문제가 되었다. 이제 누구도 웨인 뉴턴을 무시하지 못한다.

그의 인기 비결은 철저하게 계산된 역동적인 플로어쇼에 있다. 그는 한순간의 꿈을 찾아 뉴저지나 애리조나에서 온 선남선녀들에게 노래를 선사한다. 웨인 뉴턴의 공연은 그들에게 '역시 라스베이거스에 오길 잘했어'라는 생각을 하게 한다.

그러므로 그는 계속해서 대중의 지지를 받고 있다.

　흥미가 있는 사람은 라스베이거스에 가면 그의 공연을 보길 바란다. 나는 이런 쪽은 아무래도 좀…….

헤르페스_1

19830220 전에 이 칼럼에서 헤르페스라는 신종 성병에 관해 썼다. 그때 편집부로 "더 자세히 알고 싶다"는 전화가 걸려왔다고 한다. 그래서 이번 호와 다음 호 두 번에 걸쳐 헤르페스에 관해 자세히 쓸 테니, 경험이 있거나, 앞으로 걸릴지도 모른다는 예감이 드는 사람은 잘 읽어보시길.

헤르페스 바이러스란 간단히 말하면 '유성에서 온 물체 X'를 닮았다. 말하자면 그것은 인간의 세포에 달라붙어서 기능하고 증식해가는 것이다. 그리고 성행위를 매개로 하여 감염된다. 성행위라는 것은 성교와 구강성교를 말한다. 〈에스콰이어〉에 기사를 쓰는 잭 매클린톡 씨의 경우는 이혼한 뒤 처음 같이 잔 여성에게 헤르페스가 옮았다. 아침에 아주 기분 좋게 눈을 떴더니, 여자가 "실은 나 헤르페스 걸렸어"라고 털어놓았단다. 현재 헤르페스 비활동기여서 괜찮다, 상대 남자 모두에게 나 헤르페스 보균자라고 말하고 다닐 수는 없잖은가, 하는 것이 그녀의 변명이었다.

그녀 말대로 헤르페스에는 비활동기가 있다. 성기나 입술 같은 부드러운 부분을 통해 체내에 들어가는 헤르페스 바이러스. 어떤 것은 피부 아래에서 증식하여 헐거나 물집이 생긴다. 또 어떤 것은 축색을 따라 올라가서 신경세포 속으로 들어간다. 이윽고 이런 증세가 일단락되면 최초의 바이러스는 뺨에 있는 신경세포로 후퇴하고, 나중에 생긴 바이러스는 척추로 후퇴하여 그곳에 기지를 만든다. 그리고 꾸준히 자기 차례를 기다린다. 이것이 그녀가 말하는 '비활동기'로 확실히 바이러스가 속에 숨어 있기 때문에 감염은 잘 안 된다.

그럼 언제 '출두 타임'이 오는가, 하는 것은 아무도 모른다. 그러나 그것이 신경 스트레스와 밀접한 관계가 있다는 것만은 확실하다. 이를테면 세금 신고기간에만 헤르페스 증세가 나타난다는 아주 불쌍한 사람도 있을 정도다. 그래서 스트레스가 많은 사람에게는 '출두 타임'도 많다.

자, 이 매클린톡 씨는 그녀의 낙관적인 전망과 달리 하룻밤

059 사랑을 나눈 대가로 헤르페스 바이러스를 딱 얻게 되는데, 그 뒷이야기는 다음 호에서.

헤르페스 _2

19830305 지난 호에 이어서.

그럼 헤르페스 바이러스에 감염된 매클린톡 씨는 어떤 증세를 경험했을까? 일단은 목에 염증이 생긴다. 정말로 아파서 물도 마시지 못할 정도다. 그리고 머잖아 성기가 **빨갛게** 짓물렀다. 이것이 헤르페스의 전형적인 초기 증세다.

그래서 그는 이비인후과 의사에게 가서 목을 진찰받는다. 아무래도 헤르페스 같군요, 라고 의사는 말한다. 안됐군요. 현재 치료법이 없는 상태입니다.

헤르페스는 아주 흥미로운 병이다. 감염되어도 전혀 발병하지 않는 사람도 많다. 혈액 내에 항체를 갖고 있기 때문이다. 숫자로 말하면 감염되어 발병하는 사람은 전체의 십분의일 정도다. 그러나 십분의 일이라고는 해도 미국에서는 약 천만 명에서 이천만 명의 음부 헤르페스 환자가 있다고 한다. 그리고 그 수는 해마다 이십오만 명씩 계속 늘어나고 있으니, 안심할 수 없다.

헤르페스가 불러오는 폐해는 염증과 통증뿐만이 아니다. 특히 무서운 것은 여성 헤르페스 환자로 비감염자보다 자궁경부암에 걸릴 확률이 여덟 배는 더 높다. 그리고 헤르페스 활동기인 임산부에게서 태어난 아기의 반은 염증으로 사망하며, 나머지 반도 눈이 보이지 않거나 뇌에 손상을 입는다. 그걸 피하기 위해서는 제왕절개를 하는 수밖에 없다.

이것이 헤르페스다. 그리고 앞서도 얘기했듯이 치료법은 없다. 백 가지에 가까운 백신과 약제와 레이저 요법이 발표되었지만, 실제로 효과가 증명된 것은 하나도 없다. 가장 확실한 것은 ET에게 음부를 만지게 하는 것이다.

매클린톡 씨는 이런 사실에 크게 실망했다. 자신을 상실하고 일에 의욕을 잃고, 성욕도 감퇴했다. 그러나 그렇게 사는 인생이 너무나 칙칙해서 그는 어느 날 굳게 결심하고 성병 전문 의사를 찾아간다.

"헤르페스가 아닙니다." 의사는 별것 아니란 듯이 말했다.

"일종의 노이로제로 스스로 그렇다고 믿고 있는 것뿐입니다.
그런 사람이 많습니다. 목 쪽은 후두염이고 성기 쪽은 너무
많이 해서 생긴 염증, 그것뿐입니다. 안심하고 돌아가세요."

이렇게 해서 매클린톡 씨는 생기를 찾았다. 그래도, 그는
생각한다. 이 세상에는 실제로 이천만 명이나 되는 헤르페스
환자가 존재한다. 그러니 다음에는 진짜 헤르페스에 걸릴지
모른다고.

ET에게 보내는 편지

1983.03.20. 이제 **ET** 이야기는 지긋지긋해서 듣기 싫다고 생각하는 사람도 많을 것이다. 뭐, 그 기분을 모르는 건 아니지만, 〈피플〉에 전국의 어린이들이 **ET** 앞으로 보낸 편지가 몇 통 실렸는데 이게 정말 재미있다. 스필버그는 그 편지를 읽고, '마음의 등불을 밝힌' 기분이었다고 하는데, 당신의 하트 라이트의 상태는 어떤지?

① 내 친구가 1월에 생일 파티를 해. 친구는 너의 굉장한 팬인데 와줄 수 없겠니? 개인 출장 요금을 가르쳐줘.

_ 캘리포니아 산호세 · 레니 리버(12세)

② 올여름에 캠프 갔을 때, 마블 초콜릿 한 봉지를 테이블 위에 뒀는데 아침에 보니 없어졌어! 네가 먹었니?

_ 매사추세츠 가드너 · 피터 스톤(10세)

E.T.

③ 나는 네 살이야. 영화에서 너를 봤어. 정말 좋아해. 낮에 우리 집에 놀러 와. 밤에는 안 돼. 그리고 그 옷은 입고 오지 마.

_ 캘리포니아 어번 · 저스틴 크레이그

④ 안녕, **ET** 너의 팬이야. 나는 늘 네 흉내를 내며 살아. 덕분에 친구들은 모두 나를 변태라고 생각하지만.

_ 매사추세츠 튜크스베리 · 빌리 사스턴(14세)

그리고 토미 앤드리언이라는 20세의 자폐증 환자의 어머니가, 아들이 〈ET〉를 본 후로 겨우 바깥세상과 소통하게 되었다며 쓴 감사 편지가 실려 있었다.

(전략) 아들은 소리를 지르고, 손뼉을 치고, 웃고, 그리고 울었습니다. 진정한 눈물을 흘렸습니다. 자폐증 환자는 자신 때문이든 타인 때문이든 절대 울지 않는답니다. 그런데 토미가 울었습니다.

그리고 〈ET〉에 관해 쉬지 않고 얘기했습니다. 토미는 〈ET〉를 세 번 보았습니다. 그리고 지금은 타인과 손가락을 맞추고는 진지한 얼굴로 '아우치ouch'라고 합니다. 〈ET〉가 아이의 인생을 바꾸었습니다. 아들이 드디어 자신 이외의 무언가와 관계를 맺게 되었습니다. 그것은 마치 토미 자신이 별나라에서 온 사람으로 고향인 별로 돌아가려고 노력하는 것 같은 느낌입니다. 마치 ET처럼요.

캘리포니아의 가든그로브에서

앤 앤드리언

말보로 나라로 오세요

19830405 나는 얼마 전에 담배를 끊었지만, 지금도 가끔 담배 피우는 꿈을 꾼다. 꿈속에서 나는 나도 모르는 사이 담배에 불을 붙여 입에 물고 있다. 안 되는데, 생각하지만 이미 피웠으니 할 수 없지 하며 그대로 계속 피운다. 끊은 지 오 개월이 지나도 아직 이러니 담배란 정말 고약하다.

외국 잡지에 나오는 담배 광고들은 상당히 자극적이다. 일본과 달리 담배 판매가 민영이다보니 광고에도 제각기 컬러가 있어서 보기만 해도 담배에 손이 갈 것 같다. 가장 유명한 것은 말보로 광고로 광고 모델은 모두 카우보이, 광고 문구는 언제나 단 한 줄 'COME TO MARLBORO COUNTRY(말보로 나라로 오세요)'다. 피터 예이츠의 영화 〈브레이킹 어웨이〉에 말보로 광고에 완전히 반한 마초를 꿈꾸는 남자아이가 나오는데 아주 웃겼다. 말보로 광고를 볼 때마다 얼굴을 찡그리며, 담배(물론 말보로)에 불을 붙이는 것이다.

같은 마초 노선으로 '윈스턴'이 있다. 모델은 대체로 육체노

동자다. 광고 문구는 'AMERICA'S BEST', 분위기는 〈디어 헌 터〉 같은 느낌에 가깝다. 타르가 어떻고 니코틴이 어떻고 하 는 건 남자답지 않아, 하는 분위기다. 캐멀도 마초 노선, 모델 은 탐험가, 광고 문구는 '남자가 있어야 할 곳'. 완전한 헤비 듀티의 세계다.

나 개인적으로는 이 세 광고에 가장 반발을 느끼지만, 동시 에 이 세 광고를 보면 그 반발과는 반대로 무작정 담배가 당 긴다. 니코틴 냄새가 발뒤꿈치에서부터 스멀스멀 올라오는 것 같아서 결국 혀끝으로 치아 안쪽을 핥고 만다.

거기에 비해 '울트라 저타르지만 좋은 맛이 납니다'(켄트3) 라든가, '모두 개운하게 샐럼 스피리츠'(샐럼)라든가, 재즈맨 을 모델로 한 쿨의 '플레이하려면 이것밖에 없죠' 시리즈 같은 온화한 광고는 봐도 특별히 피우고 싶은 마음이 들지 않는다. 그러고 보니 담배라는 것은 본질적으로 마초인 걸까?

그건 그렇고, 요전에 일 때문에 선사에 갔다가 수행승 가운

데 헤비 스모커가 많아서 놀랐다. 기껏 산속에 묻혀 지내며
수행하는 것이니 담배 정도는 끊는 게 좋지 않나 싶었지만,
그렇지도 않은가보다. 하여간 담배는 골칫덩어리다.

중년의 악몽

작가 스티븐 딕슨이 〈에스콰이어〉에 '뭐, 당신 나이 치고는……'이라는 제목의 짧은 소설 같기도 하고 시나리오 같기도 한 글을 썼다. 부제는 'MID LIFE의 악몽'이다. 미드 라이프는 처음 보는 표현이다. 중년이란 말에 가까운가? 어딘지 모르게 '빼도 박도 못 한다'는 느낌도 있다.

상황으로는 먼저 42세의 독신 작가가 있고, 이 사람은 금연과 조깅을 통해 상당히 젊게 꾸미고 다닌다. 그의 연인은 21세의 여대생으로, 그녀는 그와 꽤 오래 사귀었지만, 슬슬 관계를 청산하고 뉴욕으로 가 출판사에서 경력을 쌓은 다음 작가가 되고 싶다고 생각하고 있다. 그래서 남자에게 전화를 걸어 이제 그만 헤어지자고 말한다. 남자는 떨떠름하다. 두 사람의 대화가 길게 계속되는데, 읽으며 '아, 짜증나!' 싶을 정도로 실감나게 추하다.

예를 들면 작가는 "내가 그렇게 아저씨 같아 보여?" 묻는다. "그런 건 아냐"라고 아가씨는 말한다. "그렇지만 당신이 그런 식으로 젊어 보이려고 애쓰면 애쓸수록 나는 부끄러워."

그녀의 말인즉, 당신은 몸을 열심히 단련하고는 있지만, 그래도 세밀한 부분에서 숙명적으로 체형이 망가지고 있으며, 그런 걸 보고 있으면 당신이 노력하면 할수록 나는 더 슬퍼져요. 당신이 아무리 훈련을 해도 20세의 보통 남자 쪽 근육이 더 탄탄하고, 고환도 위로 올라가 있고(세심한 관찰이네), 게다가 당신은 이제 머리도 벗어지고 있잖아요. 저기요, 머리가 벗어진 것뿐이라면 괜찮아요. 당신은 음모에 흰털이 섞였어요. 그런 걸 보면 정말로 나 당황하게 돼요. 그리고 섹스 말인데, 당신은 확실히 잘해요. 그런데요, 젊은 남자는요 사정은 빨라도 바로 회복이 돼요. 당신 십오 분 동안 몇 번 할 수 있어요? 나는 그런 젊은 남자하고 자고 싶어요.

그 얘기에 남자는 "내 발은 냄새나지 않았어? 입냄새는 나지 않았고?" 하는 정도밖에 말하지 못한다. 결국 "앞으로는 그냥 친구로 지내주지 않겠어?" 부탁했다가 깨끗하게 거절당한다. 이건 악몽이라고 표현할 수밖에 없다. 안타깝다. 젊은 여성과 사귀는 45세 이상의 남자분은 이런 식으로 어느 날 갑자기 매몰차게 차이지 않도록 충분히 주의해서 행동하길 바란다. 충격이 클 테니.

카렌 카펜터의 죽음

19830520 카렌 카펜터가 죽었대요, 라고 하면 그래서 어쨌다고? 하는 말을 들을 것 같다. 오래 전부터 카펜터스라고 하면 건강하고 건전한 밴드로 음악 마니아들에게는 일관되게 멸시를 받았다. 백악관에 초대받아서는 닉슨 대통령에게 "미국 젊은이의 표본"이라고 칭찬을 들은 것도 좋지 않았다. 대체로 닉슨에게 칭찬받아 성공한 사람이 없다.

그러나 〈피플〉에 실린 카렌 카펜터의 사망기사를 읽다보니 왠지 마음이 아팠다. 아마 1970년대 후반 이후 카펜터스는 올디스를 카피하거나 리메이크를 전문으로 하는 이류밴드였지만, 카펜터 남매의 퍼스낼리티는 이웃집 오빠나 동생 같은 느낌으로 어딘지 밉지 않은 데가 있었다. 오빠인 리처드가 37세, 카렌이 32세, 나는 34세여서 특히 더 그런 기분이 든다. 결코 미인은 아니지만, 통통하고 귀여워설랑.

〈피플〉에 따르면 카렌 카펜터의 진짜 사인은 그녀가 언제나 '굿걸'로 살아야 했다는 데 있었던 것 같다. 카펜터 남매는 가

정교육이 엄격한 중산층 가정에서 태어났다. 어릴 때부터 부모에게 반항 한 번 하지 못한 채 성장해서, 어른이 되고 가수로 성공해도 그런 단속에서 벗어날 수 없었다. 오빠인 리처드는 그 답답한 에너지를 여동생에게 카리스마적 영향력을 행사함으로 해결했지만, 카렌은 그걸 어디에도 풀지 못했다. 그런 가운데 다들 그녀에게 '굿걸'이기를 요구했다.

그녀의 목소리는 아름다웠지만, 카렌은 음악적 재능이 없음을 언제나 불안해했다. 따라서 오빠와 대등하게 얘기조차 하지 못했고, 그런 여러 가지 콤플렉스에서 비롯한 살찌는 것에 대한 공포심이 점점 커져 결국에는 거식증으로 생명을 잃었다.

어떤가요, 이런 유형의 여자가 당신 주위에도 있을 것 같지 않은지? 재니스 조플린이나 짐 모리슨의 죽음은 전설적으로 처절했지만, 그렇다고 카렌처럼 조용한 죽음이라고 가볍게 정리할 수는 없다. 그녀도 그녀 나름대로 장절하게 1970년대를 살았으니.

반빙하소설

19830605 얼마 전 〈뉴요커〉를 보니, 비즈니스맨 분위기의 남자가 바 카운터에 앉아 칵테일을 마시면서, 옆에 앉은 남자에게 "됐어, 에디, 핵전쟁도 시한부전쟁도 인정하지 않으면 넌 대체 무슨 전쟁을 인정할 생각인 거야?" 하고 말하는 한 컷짜리 만화가 실려 있었다. 이것 참 웃겼다. 뭐가 어떻게 웃겼느냐고 물으면 곤란하지만, 하여간 웃겼다.

불황인데도 레이건이 군사비를 점점 늘려서 신무기 개발이며 미사일 증강을 하게 된 뒤로, 전쟁과 군비를 다루는 한 컷 만화가 미국 잡지에 속속 등장했다. 물론 만화니까 정식으로 반전·호전 메시지를 담기보다는, 어느 쪽 입장이든 누구나 잠시 머리를 식히고 웃어보자는 분위기다. 그래서 처음에 든 예처럼 양심적 반전주의자가 발밑의 사다리를 헛디뎌서 뚝 떨어지는 일도 일어난다.

다른 예로는 국방성의 한 사무실에서 어느 임원이 조사 자료를 들고 장관을 향해 "안 됩니다, 장관님. 군사비를 삭감하

기 위해서는 역시 아무래도 군사비를 깎는 수밖에 방법이 없습니다"라고 하는 만화도 있다. 아마 미국 의회가 군사 예산을 깎은 직후에 나온 만화였던 걸로 기억하는데, 이것도 역시 재미있었다. 물론 우수한 일본 관료에게 걸리면 군사비를 깎지 않고 군사비 삭감하는 정도는 식은 죽 먹기일 테니, 일본에서는 이런 만화가 재미없을지도 모른다. 일본에서는 정치만화를 보는 것보다 TV에 나오는 정치평론가의 의견을 듣는 편이 훨씬 웃기다고 생각하는데, 그렇지 않은지?

그리고 이건 만화는 아니지만, 커트 보네거트의 소설 중에 반전소설을 쓰는 작가가 나오면 반드시 "왜 자네는 반빙하소설을 쓰지 않나"라고 질문하는 영화 프로듀서가 나온다. 이것은 상당히 난해한 조크인데(조크겠지), 그래도 의도하는 바는 어렴풋이 알 것 같다. 재미있다. 만약 반빙하소설이란 것이 실제로 있다면 나도 꼭 읽어보고 싶다. 반쓰나미소설, 반지진소설, 반분화소설, 반일식소설, 반폭풍파랑홍수소설…… 이

런 것도 소설가 쓰쓰이 야스다카 씨 풍으로 쓰면 재미있을 것
같다.

TV와 먹는 것에 관해

우리 집에는 TV가 없다. TV가 없으니 당연히 비디오 같은 것도 없다.

친구 집에는 TV와 비디오가 있어서 이따금 한꺼번에 보러 간다. 며칠 전에는 온종일 〈북북서로 진로를 돌려라〉 〈피터팬〉 〈릴라의 문〉, 이 세 편의 비디오를 연달아 보고 왔다. 그러면서 생각했는데 사람들은 TV를 볼 때면 참 잘도 먹는다.

나는 평소에는 거의 간식을 먹지 않는 사람이다. 담배를 끊었을 당시에는 입이 궁금해서 이것저것 주워먹었지만, 계속 그러다가는 살도 찌고 끝이 없을 것 같아서 어느 날 굳게 마음먹고 주전부리는 일절 입에 넣지 않기로 했다. 그래서 지금은 식사와 식사 사이에는 아무것도 먹지 않는다. 이런 것은 습관의 문제여서 익숙해지면 아무렇지도 않다.

그러나 이런 나조차 TV를 볼 때면 이런저런 것들을 주섬주섬 먹게 된다. 게다가 내 친구라는 녀석이 아주 친절하여 쿠키며 전병, 초콜릿, 애플파이 같은 것들을 주위에 죽 늘어놓으니 아주 자연스럽게 손이 가서 자꾸자꾸 먹게 된다. 그리고 과자를 많이 먹으면 목이 마르니 차며 커피며 주스며 맥주를 연신 마신다. 덕분에 소변만 자꾸 마렵다.

결국 일곱 시간인가 여덟 시간 정도 TV 앞에 앉아서 이것 저것 실컷 먹고 마시고 집에 돌아왔다. 내 경우에는 이런 일이 두 달에 한 번 정도로 아주 드물다보니 재미있지만 매일 그랬다가는 제대로 살이 찔 테지.

며칠 전 어느 공항대합실 카운터에서 맥주를 마시며 샌드위치를 먹는데, 정면에 있는 커다란 TV에서 〈와랏테이이토모 웃어도 좋고 말고!〉라는 프로그램이 나오고 있었다. 그곳에는 삼백 명 정도 되는 사람이 있었는데, 대부분이 TV화면을 보고 있었다. 그렇게 많은 사람이 한 개의 화면을 바라보는 광경은 무언가 아주 기묘했다. 점심때여서 다들 주스를 마시거나 도시락을 먹거나 담배를 피우거나 맥주를 마시면서, 이따금 일제히 까르르 웃으며 TV를 보았다. 그런 광경을 무심히 보고 있으니 삼백 명의 사람들 위가 우글우글 꿈틀거리는 소리가 TV화면과 오버랩되어, 점점 속이 울렁거렸다.

그게 좋다, 나쁘다는 말을 하는 건 아니고, TV라는 기계가 가진 기묘한 기능에 대해 한 번 더 잘 생각해봐야 하지 않나 싶은 생각이 든다.

달리는 국회의원

19830705 미국의 〈러너스 월드RUNNER'S WORLD〉에는 '지금 미국에서 누가 달리고 있는가' 하는 연재 칼럼이 있다. 직종별·주제별로 달리기를 열심히 하는 사람의 목록을 매달 올리고 있는데, 3월호는 정치가 특집이다. 상원, 하원, 각부 장관, 백악관 직원 등 부문별로 일주일 동안 달린 거리와 시간이 쓰여 있다.

이걸 보니 습관적으로 달리기를 하는 사람의 수는 상하원 각각 십오 명씩이고, 풀코스 마라톤 출전자도 각각 두 명씩이다. 가장 빠른 사람은 몬태나 주의 맥스 보커스 상원의원(민주당)으로 기록은 세 시간 일 분이다. 이 사람은 레이스 전에는 일주일에 100킬로미터 가까이 달린다고 하니 대단하다. 풀코스 마라톤을 완주해서 훌륭하다는 건 아니지만, 이런 목록을 보면 미국의 슈퍼 엘리트의 모습을 알 수 있다.

일본에도 달리기를 하는 의원은 몇 명 있다. 그러나 미국 의원들이 달리기에 집중하는 치열함, 남보다 한 걸음이라도

앞서는 것에 대한 집념에 비하면, 아주 얌전한 느낌이다. 아
마 일본의 정치풍토가 개인플레이보다는 인화人和, 정실情實,
서민친화형 정치를 지향하기 때문일 것이다. 그래서 모두 골
프를 하면서 미묘한 호흡으로 일을 처리한다.

　내가 매일 아침 달리기를 하는 육상 트랙에도 휴일 아침이
되면 이웃 아저씨가 골프채와 골프공을 갖고 와서, 트랙 안쪽
에서 아이언이니 샌드웨지 같은 걸로 연습을 한다. 위험하기
짝이 없다. 아무리 풀스윙은 하지 않는다고 해도 타인이 달리
는 쪽을 향해 골프공을 날리는 건 언어도단이다. 애당초 골프
라는 것은 그럴 여유가 있는 사람이 꽤 많은 돈을 내고 골프
장에 가서 하는 것이다. 일요일 아침에 이웃 공원에서 공을
날리는 인간은 파친코나 하면 될 텐데.

　그래서 나는 당연히 그런 골퍼에게 강하게 항의하고 나가
게 만들지만, 그런 사람들은 대체로 순순히 물러나지 않다보
니 말싸움이 되는 일이 많다. 그런 이유로 휴일 아침에는 달

리기를 하는지 싸움을 하는지 잘 모를 정도다. 골프채를 든 상대와 싸움을 한다는 것은 아무리 발이 빠른 사람이라 해도 좀 무서운 일이다.

존과 메리

요전에 여행지에서 'JON&MEARY'라는 글씨가 인쇄된 티셔츠를 입고 있는 사람을 보았다. 처음에는 무슨 말인지 잘 몰랐지만, 어쩐지 이건 'JOHN&MARY'를 쓴 것 같았다. 물론 이름이 JON이나 MEARY인 사람이 없을 거라고 단정할 수는 없지만 일반적인 이름이 아닌 건 확실하다. 게다가 무엇보다, 하필이면 희귀한 외국인 이름을 골라 티셔츠에 인쇄할 리도 만무하다. 이런 걸 보면 나도 모르게 골치가 아프다.

그 며칠 뒤에 여행에서 돌아와 집 근처를 걷다가, 이번에는 'JIMY&EMIRY'라는 티셔츠를 입은 아주머니와 스쳐지나갔다. 물론 '지미 앤드 에마이어리'가 아니라 JIMMY&EMILY일 거라고 짐작했지만, 이것도 참 어지간하다. 이렇게까지 틀리기도 어렵지 않을까. 이런 셔츠를 만드는 사람도 만드는 사람이고, 사는 사람도 사는 사람이다. 일본인인 나도 당황스러울 정도니 사정을 잘 모르는 영국인이나 미국인 여행자가 보면 꽤 충격받지 않을까?

그들은 일본인은 교육 수준이 높은 선진국민이라 생각하고 올 텐데, 느닷없이 JON&MEARY라는 티셔츠를 보게 된다면 많이 혼란스러울 것이다. 그들은 '여기에 무슨 깊은 뜻이 있는 걸까?' 하고 생각할지도 모른다. 혹은 일본인이 장난을 거는 건가 생각할지도 모른다. 어쨌든 안타까운 이야기다.

그런 식으로 보면 미국인이나 영국인에게 일본은 절대 살기 만만한 나라가 아닌 것 같다. 담뱃가게에 가면 TALK라든가 CASTER라고 하는 상당히 독특한 이름의 담뱃갑이 진열되어 있고, 전철을 타면 MORE라든가 FREE라든가 WITH 같은, 아마 그들에게는 정체불명일 단어로 뒤덮인 광고가 걸려 있다.

마지막으로 전혀 관계없는 얘기지만, 영화 〈존과 메리〉에서 더스틴 호프먼이 살던 아파트, 참 괜찮지 않던가요?

레온 플라이셔의 재기

내가 처음으로 베토벤 피아노 협주곡 전집을 산 것은 16세 때였다. 피아니스트는 박하우스도 켐프도 제르킨도 아닌 레온 플라이셔라는 거의 무명인 젊은 피아니스트였다. 지휘는 조지 셸이었다. 어째서 굳이 플라이셔를 골랐는가 하면 이유는 아주 단순한데 가격 때문이었다. 네 장짜리 한 세트에 3,000엔, 가난한 고등학생이 충분히 혹할 만한 가격이었다. 품격이나 예리함은 부족한 연주였지만, 나름대로 듣기 좋은 음반이었다.

그런데 얼마 전 〈라이프〉를 보는데 플라이셔 씨의 기사가 나왔다. 그러고 보니 최근 플라이셔 얘기를 들은 적이 없네 하면서 읽어보니, 이 사람은 오른손에 건초염이 생겨 연주가로서 활동을 못 하고 있었다고 한다. 건초염이란 피아니스트에게는 직업병 같은 것으로, 오래 전 로베르트 슈만도 이 병에 걸려 피아노를 포기하고 작곡가로 전업했다. 처음에는 새끼손가락이 말을 듣지 않고, 그다음에는 약지가 듣지 않고,

결국은 손 전부가 마비된다. 여기까지 오면 회복될 가능성이 거의 없다. 잔혹한 병이다.

플라이셔는 그럼에도 노력해서 라벨의 〈왼손을 위한 피아노 협주곡〉을 유일한 레퍼토리로 삼아 피아니스트 활동을 계속해왔지만, 아무리 그래도 이 곡만 칠 수는 없는 노릇이다. 그래서 그는 근육치료전문가인 마이오테라피스트에게 의탁하여 훈련을 받으며 십 년이 넘는 세월 동안 피나는 투병을 계속한 끝에 드디어 양손 피아니스트로 재기했다. 기사를 읽고 정말로 훌륭하다고 생각했다.

플라이셔가 재기 무대인 첫 콘서트에서 연주한 곡은 세자르 프랑크의 〈교향변주곡〉이었다. 리허설에는 플라이셔의 자식들도 참석했다. 그들은 두 손으로 피아노 치는 아버지의 모습을 처음 보았다. 그러나 그런 순간에도 플라이셔는 심각해지지 않고 갑자기 라벨의 〈왼손을 위한 피아노 협주곡〉을 쳐서 모두를 웃게 만들었다. 유대인의 유머는 일본인이 이해하기 어려운 엄정함이 있다.

　이 원고를 쓰면서 플라이셔가 치는 베토벤 협주곡 1번을 듣고 있는데 정말 옛 생각이 나는 연주다. 그러니 요미우리 자이언츠의 무라타 선수도 힘내길 바란다.

광견병과 미국너구리

19830820 일 년쯤 전에 미국에서 스티븐 킹의 《쿠조》라는 소설이 베스트셀러가 되었다. '쿠조'란 세인트버나드견의 이름으로 이 쿠조 군이 박쥐에게 물리는 바람에 광견이 되어, 사람들에게 달려들어 목을 물어뜯어놓는다는 얘기다. 우리 고양이 주치의인 수의사에게 이 얘기를 했더니, 광견병은 전쟁 후 거의 사라져서 이제 예방주사를 맞을 필요도 없을 정도입니다, 라고 했다. 그래서 나도 안심했는데, 최근 〈라이프〉에 따르면 뜻밖에도 스티븐 킹의 예언이 명확하게 적중하여 현재 미국에서는 실로 삼십 년 만에 광견병이 집중적으로 발생하고 있다고 한다.

이 광견병의 매체는 미국너구리racoon다(별로 상관없는 얘기지만 소형 영어사전을 펼쳐보니 광견병rabies 다음이 미국너구리racoon다). 콜롬비아 특별구에서 천오백 마리의 너구리를 잡아 검사했는데, 웬걸 삼분의 일이 광견병에 감염되었다고 하니 이 또한 놀라웠다. 그리고 이들 미국너구리가(스컹크인 경

우도 있다) 애완동물이며 가축이며 사람을 마구 물어 바이러스를 퍼뜨려, 미국 정부는 올여름에는 더 광범위하게 광견병이 퍼질 거라고 예언하고 있다. 요컨대 〈ET〉나 〈악령의 상자 Poltergeist〉에서처럼 미국인이 점점 교외에 살게 되고, 그 때문에 야생동물과 교류할 기회가 늘어나 감염 가능성도 높아진 것이다.

광견병에 치료법은 달리 없고 백신으로 예방하는 것이 최선이지만, 사람이 맞는 예방백신 주사는 아주 복잡해서 일인당 500달러라는 비용이 들다보니 연방정부도 포기한 상태 같다. 헤르페스나 AIDS도 그렇고 광견병도 그렇고, 미국인의 고민거리는 끝이 없다.

나는 미국너구리를 동물원에서밖에 본 적이 없지만, 아주 사랑스러운 동물이었다. 그런 동물이 하나둘 잡혀서 무차별적으로 독살되는 것은 아무리 병원체를 갖고 있다고는 하지만 너무 딱한 일이다.

미국너구리라고 하니 생각나는데, 예전에 어사 키트가 부른 '쇼 조지'에서는 너구리가 영어로 'racoon'으로 되어 있었다. Oriental Temple 주위에서 racoon이 춤을 추며 돌아다니는 것도 상당히 오싹한 광경일 것이다.

〈소피의 선택〉과 브루클린 다리

윌리엄 스타이런의 원작을 영화화한 〈소피의 선택〉
은 아주 제대로 된 볼만한 영화였다. 나는 〈푸키The Sterile Cuckoo,
Pookie〉〈콜걸Klute〉 이후 앨런 J.파큘러의 팬이 되었지만, 〈소피
의 선택〉이 아마 파큘러 최고의 영화가 아닐까 생각한다. 혹
자는 영화가 **너무 작위적**이라고 느낄지 모르지만, 그렇다 해도
그렇게 심각한 소재로 두 시간 반 동안 관객을 질리지 않게
한다는 것은 훌륭하다. 특히 유대인 청년 네이선 역을 맡은
케빈 클라인이라는 배우의 연기는 소름끼쳤다. 이런 영화에
는 좀처럼 관객이 들지 않지만 흥미 있는 분은 부디 꼭 보시
기 바란다.

그런데 이 영화의 인상적인 장면 가운데 네이선이 주인공
인 작가지망생 청년의 새 출발을 축하하며 브루클린 다리 위
에서 샴페인을 따는 신이 있다. 이 영화는 1940년대 후반의
브루클린이 무대인만큼 브루클린 다리가 이 장면 말고도 여
러 번 나온다. 그야말로 그 옛날 뉴욕의 분위기가 물씬 나는

다리다. 네이선의 대사에도 "일찍이 하트 크레인이 이 다리를 건넜지" 하는 말이 나오지만, 크레인은 그 다리를 건넜을 뿐만 아니라 '브루클린 다리에 바치'는 시도 썼다. 할렘 출신의 작가 아서 밀러는 이 다리를 몇천 번이나 건넜으며, 브루클린 다리에서 영감을 얻어 《다리에서 바라본 풍경》을 썼다.

브루클린 다리가 생긴 것은 1883년으로, 올해로 꼭 일백 년째가 된다. 그리고 그것을 기념하여 아서 밀러가 〈라이프〉에 브루클린 다리에 얽힌 추억을 썼다. 1950년대 초에 《세일즈맨의 죽음》으로 성공한 밀러는 그 돈으로 녹색 스튜드베이커를 샀는데, 어느 날 밤 브루클린 다리 위에서 교통사고를 일으켜 그 차가 엉망진창으로 망가졌다. 전방에 정차해 있던 차를 피하려다 미끄러져서 한 바퀴 회전한 뒤, 뒤에서 온 차와 정면으로 충돌해버린 것이다. 밀러의 이야기로는 당시 브루클린 차도는 차 한 대 반 정도의 폭밖에 되지 않는 데다 목제 블록을 깔아놓아서 안개라도 끼면 노면은 마치 '버터처럼 미끄러웠다'고 한다.

그런 시대 고증을 머릿속에 입력하고 영화를 보면 아주 재
미있다.

에게해 이 대 일

19830920 여름 하면 섹스의 계절이라고들 하지만, 서른이 넘고 나니 그런 건 별로 관심이 없어 그저 민폐 끼치지 않고 혼자 맥주나 마실 뿐이다. 그렇지만 뭐 어쨌든 여름은 성적으로 달아오르는 계절이긴 한 것 같다. 특히 전세계의 젊은이가 모여드는 여름의 에게해는 그야말로 섹스의 도가니 같다. 대낮부터 거리 한복판에서 아베크족들이 위장까지 닿을 정도로 딥 키스를 한다. 뭐 별로 상관없지만 그런 걸 보고 있으면 정말로 육식동물이라는 느낌이 든다. 특히 개트윅 공항에서 단체로 우르르 몰려오는 영국 펑크 소년소녀들의 기세는 엄청나서, 성기들이 자유로이 돌아다니며 로큰롤이라도 할 것 같다. 그리스는 관광국이어서 여행자의 어지간한 경거망동은 눈감아주지만, 그래도 한도는 있어서 그걸 넘으면 위험해진다.

7월 23일 자 〈아테네 뉴스〉에 따르면 에게해의 시로스라는 섬에서 영국인 여행자 두 명과 그리스계 프랑스 여성 한 명이 사람들 보는 앞에서 성교를 하여 체포되어 삼 개월의 징역형을 선고받았다. 두 명의 남성은 22세의 동갑으로 벨파스트에서 온 기계공과 무직자. 여성은 26세, 파리에서 비서 일을 하고 있다. 세 사람은 부둣가의 혼잡한 노천카페 옆에서 성교를 하여 격앙한 섬 주민들에게 잡혔다고 한다.

"그 인간들은 호텔 손님이나 카페 손님이 보란 듯이 그 짓을 했다고요"하고 호텔 주인 이야니스 쿠즈피스 씨는 증언했다.

삼인조 쪽은 "산토리니 섬으로 가는 배를 기다리는 동안 술에 취해서 그만……" 하고 변명했지만, 법정은 상고권을 일절 인정하지 않고 형을 선고했다. 그리스라는 나라는 종교가 탄탄하게 뿌리내린 곳이다보니 이런 일에는 조금 엄격하다.

또 소문을 듣자하니 그리스 교도소는 〈미드나잇 익스프레스〉에 나오는 감옥만큼은 아니지만 옥중 생활이 꽤 힘든 곳인 것 같다. 진위는 확실하지 않지만, 현지에 사는 일본인 얘기로는 식사도 제대로 나오지 않아 사식이 들어오지 않는 수감자는 배를 곯을 수밖에 없다고 한다. 그러니 되도록 교도소에는 들어가지 않는 게 좋다, 라는 거겠지. 정말이라면 무섭군.

　뭐, 그리스뿐만 아니라 하고 싶으면 해도 되는 장소에 가는
것이 일단 세상의 상식이다.

그리스의 지붕 없는 극장

지난 호에 이어 그리스 얘기를 해보자.

그리스에서 영화를 보는 것은 간단하면서도 상당히 까다롭다. 어째서 까다로운가 하면 대부분의 그리스 영화관은 여름에는 밤 9시쯤에 문을 열기 때문이다. 어째서 그렇게 늦은 시간에 여는가 하면 이유는 지극히 간단하다. 영화관에 지붕이 없는 것이다. 지붕이 없으니 주위가 캄캄해지지 않으면 영화를 상영할 수 없다. 대단하지 않은지? 옛날에 학교 운동장에서 곧잘 해주던 야외 영화 감상회와 비슷한 느낌이다. 스크린은 테니스 연습용 벽을 새하얗게 칠한 것 같고, 의자는 땅바닥에 파이프의자를 늘어놓은 게 전부다. 터무니없다고 하면 뭐 터무니없기도 하지만 요금이 200엔 정도로 싸다.

어째서 이런가 하면 그리스의 여름은 밤이 몹시 시원하고 상쾌하며 비도 거의 내리지 않아서 지붕을 올리거나 에어컨을 다는 건 바보 같은 짓이라 생각해, 지붕 없는 극장으로 낙찰을 본 것이다. 그리스는 하여간 지붕 없는 시설이 많은 나라다.

연극도 콘서트도 레스토랑도 모두 지붕이 없다. 덕분에 영화관 주위의 아파트 주민들은 매일 밤 무료로 영화감상을 하게 된다. 일본인이라면 소음공해니 뭐니 하고 시끄럽겠지만, 그리스 사람들은 이런 일에 아주 너그러운 것 같다.

나는 아기이 테오도리 해변에 소재한 영화관에서 앨런 J. 파큘러 감독의 〈컴스 어 호스맨COMES A HORSEMAN〉이라는 영화를 보았다. 두 편짜리로 상편과 하편 사이에 예고편이 상영된다. 코린토스의 영화관에서는 웬걸 〈전국자위대戦国自衛隊〉를 상영하고 있었다. 버스 창밖으로 언뜻 포스터를 본 것뿐이어서 잘 모르겠지만, 대체 어떤 그리스어 제목이 붙었을지 궁금하다.

영화 이외에 리카베투스 산꼭대기의 원형극장에서 니나가와 유키오 연출, 히라 미키지로 주연의 연극 〈메디아〉를 보았다. 이 연극은 정말로 재미있어서 아테네에서 상당한 선풍을 일으켰다. 이런 걸 보면 역시 그리스극은 야외에서 봐야 하는

구나, 싶은 생각이 절실히 든다. 정말로 상쾌하다. 기대했던 헤로데스 아티코스 음악당은 아테네 스테이츠 오케스트라의 파업으로 입장하지 못해 유감이었다.

〈에스콰이어〉 오십 주년과
스콧 피츠제럴드 비화

19831020 〈에스콰이어〉가 창간된 것은 1933년이니 올해로 딱 오십 년째가 된다. 그것을 기념하여 6월호는 '오십 주년 기념 특별판'으로 발매되었다. 이것도 장난 아니었다. 무려 사백사십육 쪽에 가격은 3달러(평소에는 2달러). 그렇긴 하지만 이 특별호를 위해 새로 쓴 글은 첫 이십사 쪽뿐이고 나머지는 전부 과거의 〈에스콰이어〉에서 인용한 기사다. 그것도 1933년부터 1983년까지의 미국 역사를 더듬을 수 있도록 연대순으로 오십오 편의 기사가 실려 있다. 필자도 게이 타리즈, 존 스타인벡, 커트 보네거트, 존 디디언과 존 그레고리 던, 마이클 헤르, 톰 울프, 노먼 메일러, 고어 비달, 어윈 쇼 등 쟁쟁한 이름이 줄줄이다. 대단하다. 물론 그 가운데 중요한 몇 가지는 보급판으로 입수할 수 있지만, 그래도 이만큼 읽을거리가 있는 기사로 꽉꽉 채워서 3달러라니 정말로 싸다. 찬찬히 다 읽고 싶다.

　그중에서도 재미있었던 것은 〈에스콰이어〉를 창간한 아널

드 깅리치가 쓴 스콧 피츠제럴드와 어니스트 헤밍웨이와의 추억담이었다. 그런 글이 〈에스콰이어〉에 실렸다는 것은 알고 있었지만, 직접 본 것은 이번이 처음이다. 깅리치가 당시 한물가고 있던 피츠제럴드에게 보내는 따뜻함이 절절히 전해지는 아주 좋은 글이었다.

깅리치는 그 글에서 스콧 피츠제럴드의 성기가 남들보다 훨씬 작았다는 설이 세간에 유포되고 있는데, 그 속설이 탄생한 데는 헤밍웨이의《이동축제일》이 크게 이바지했다면서 몹시 화를 냈다. 깅리치는 1935년 봄 우연한 기회에 피츠제럴드의 성기를 얼핏 보았는데 절대 작지 않았다고 썼다. 롤스로이스사가 차의 마력을 물었을 때 단 한마디로 대답할 수 있듯이 그것은 충분adequate했다는 것이다.

살아있는 동안은 비평가들에게 실컷 욕먹고 죽은 뒤에는 성기 크기까지 이러니저러니 말을 들으니 작가란 짓도 참 쉽지 않다.

욕망이라는 이름의 전차

19831105 〈피플〉에 테네시 윌리엄스의 희곡 〈욕망이라는 이름의 전차〉(이하 '전차'로 줄이겠음)가 TV드라마화한다는 기사가 실렸다. 주인공은 앤 마그렛이다. 비비언 리와 말론 브랜도의 영화 〈전차〉에 전율한 경험이 있는 사람들에게는 당연히 반응이 좋지 않다. 제대로 된 결정판이 있으니 굳이 드라마화할 건 없지 않느냐는 것이다.

이런 의견에 앤 마그렛은 극히 명쾌한 반론을 했다. "어째서 〈전차〉를 리메이크하면 안 되는 거죠? 영국인은 〈햄릿〉을 해마다 하고 있잖아요" 하는 것이 그녀의 의견이다. 듣고 보니 맞는 말이다. 게다가 〈전차〉가 그렇게 대단한 내용의 연극이 아니지 않나 하는 것은 내 의견으로, 뭐 이건 다른 의견도 있을 테니 깊이 들어가지 않겠다.

〈전차〉의 리메이크설에는 이밖에도 실베스터 스탤론을 주연으로 영화화하자는 얘기도 있다고 하니, 이것도 '……'이다. 대단하다. 실베스터 스탤론이라니!

앤 마그렛의 TV판으로 이야기를 돌려서, 상대역에는 트리트 윌리엄스(《프린스 오브 더 시티》에 출연)가 뽑혔다. 이번 TV판에는 윤리적 문제로 영화에서는 다루지 못했던 동성애에 대한 언급과 강간 장면도 등장한다고 한다. 테네시 윌리엄스는 죽기 직전에 TV드라마화를 승낙했는데, 조건은 원작료 75만 달러(!!)와 캐스팅 및 감독 선정에 대한 승인권이었다. 윌리엄스는 앤 마그렛을 직접 알지는 못했지만, 뭐 그녀라면 괜찮겠다고 허락을 내렸다고 한다. 나 같으면 원작료를 75만 달러나 받는다면 브룩 실즈와 폴 사이먼이 〈전차〉를 한다 해도 절대 불평하지 않을 텐데.

앤 마그렛은 테네시 윌리엄스를 만나지 못한 것을 몹시 유감스러워했다. "내가 출연 요청을 받아들인 것이 화요일인데, 금요일 아침에 그가 세상을 떠났어요. 말도 안 돼요."

그러나 이 TV판이 과거 영화판을 뛰어넘을 거라고는 아무도 생각하지 않는다. 촬영을 구경하는 사람들은 전부 "어이,

대체 누가 말론 브랜도 역을 할 거야?"라고 물으며 돌아다니
니 말이다. 다들 이 연극은 거의 말론 브랜도 얼굴밖에 기억
하지 못하는 것이다.

스타워즈의 츄바카

19831120 나는 〈스타워즈—제다이의 귀환〉을 세 번이나 보았다. 한가하다면 한가하고, 별나다고 하면 별나다. 아내도 함께 영화관에 갔는데, 이 사람은 그때까지 '스타워즈' 시리즈를 한 번도 본 적이 없었다. 그래서 세번째 작품을 처음으로 보고 아니나 다를까, 푹 빠져버렸다. 그러고는 '스타워즈1'과 '스타워즈2'를 꼭 보고 싶다고 했다. 마음은 모르는 바 아니지만 지금 상영하지도 않는 데 불가능했다. 당신이 포기해, 하고 설득하다보니 나도 점점 1편이 보고 싶어졌다. 결국 레이저디스크 플레이어와 27인치 TV와 〈스타워즈〉 디스크를 사버렸다. 물론 70밀리 스크린에는 미치지 못하지만, JBL의 백로드혼 스피커로 소리를 내는 27인치 TV는 상당히 박력 있었다.

그래서 새삼 깨달았는데 원숭이 츄바카 캐릭터가 정말로 귀여웠다. 어디가 귀여운가 하면, 츄바카는 쓸데없는 말을 하지 않는다. "므고오"라든가 "아구" 하는 정도로 대부분 소통을 마친다. 나 역시 그 정도의 단어로 볼일을 보면서 때때로 제국군

과 공중전을 하며 인생을 보낼 수 있다면 얼마나 행복할까.

3편에서 츄바카의 얼굴 생김새는 1편과 상당히 달라진 것 같다. 1편에서는 머리를 납작하게 붙인 헬스 에인절스 스타일의 올백이었으나, 3편에서는 좀더 볼륨을 주어 외모가 한결 점잖아졌다. 나는 착해 보이는 새로운 츄바카보다 걸핏하면 완력을 쓰고 싶어하던 거친 원숭이 츄바카 쪽이 마음에 든다. 삼부작이 완결되어 이제 츄바카를 보지 못하는구나 생각하면 정말이지 슬프다.

자막으로는 잘 모르겠지만, 1편에서 츄바카는 레이아 공주한테 "저기, 이 워킹카펫WALKING CARPET 어디 좀 치우지 않을래?" 하는 욕을 먹으며 쫓겨난다. 아무리 그래도 WALKING CARPET은 너무 심하다. 1편에 비해 3편에서는 레이아 공주도 제법 말투가 고와졌다. 〈스타워즈〉 세계에서도 등장인물들이 제각기 나이를 먹은 것이다.

하워드 디츠의 생애

19851205 〈얼론 투게더〉〈아이 게스 아일 해브 투 체인지 마이 플랜〉〈댄싱 인 더 다크〉〈바이 마이셀프〉의 작사가가 누구냐고 물으면 바로 대답할 수 있는 사람의 수는 그리 많지 않을 것이다. 정답은 하워드 디츠. 참고로 작곡가는 아서 슈워츠로 두 사람은 디츠&슈워츠 콤비로 유명하다. 이름으로 보아 둘 다 유대인 같다. 그 하워드 디츠가 7월 30일에 죽었다. 86세. 1896년 9월 출생이니 F. 스콧 피츠제럴드와 같은 해 같은 달에 태어났다. 당연한 얘기지만, 시대는 점점 희미해진다.

인기 작사가라고는 해도 디츠의 이름은 로렌츠 하트나 해머 슈타인, 아이라 거쉰, 프랭크 로서, 앨런 제이 러너 같은 사람들과 나란히 놓고 보면 어째선지 존재감이 없다. 이것은 아무래도 디츠의 성격이 수수하고 수줍어하는 성격 탓인 것 같다. 그는 인기 작사가라는 지위가 불편했는지, 유명해진 뒤에도 MGM사미국의 영화제작 및 배급사의 광고 파트에서 계속해서

일했다. 매일 아침 출근해서 저녁 무렵에 귀가하는 샐러리맨인 것이다. 꽤 특이한 사람이다.

그렇긴 하지만 일은 좀 대충하고 부업에만 열심이었는지, 한번은 사장인 루이스 메이어가 "자네는 언제나 다른 사람보다 출근이 늦군" 하고 면박했다. 그러자 디츠는 "대신 다른 사람보다 일찍 퇴근합니다"라고 대답했다고 한다. 대단하다.

그러나 그럼에도 영화촬영장에서 디츠의 신용은 아주 높아서 MGM에서 생기는 문제는 대부분 그에게 상담하러 왔다. 한편, 그는 딱 한 번 사장실에서 화를 내며 소리 지른 적이 있는데, 1940년대 말에 텔레비전의 등장에 겁먹은 MGM이 갖고 있던 필름 전부를 3,800만 달러에 텔레비전 방송국에 팔아치우려 했을 때의 일이다. 〈바람과 함께 사라지다〉 한 편만으로도 그 가격의 열 배 가치는 있다고요, 하고 그는 마음이 약해진 임원진을 설득하여 그 계획을 중지시켰다.

평소 아무리 부업에 열심이어도 결정적일 때는 확실하게

처리하니 참으로 훌륭하다. 반대로 사는 사람도 꽤 많으니까.

그런 연유로 레스터 영의 〈아이 게스 아일 해브 투 체인지 마이 플랜〉을 들으면서 명작사가 하워드 디츠의 명복을 빌어 야겠다.

스티븐·공포·킹

19831220 마루야 사이치 씨의 《좋아하는 신사복》이라는 에세이집을 읽는데 유명인들이 자신의 대표작을 미들 네임에 넣는다는 얘기가 나왔다. 이를테면 노먼·'나자裸者와 사자死者'·메일러, 조지·'스타워즈'·루카스 같은 식으로 말이다. 이것은 상당히 유효한 방법으로 〈피플〉에서는 실제로 이것을 사용하고 있다. 예를 들면 'ET에서 어머니 역을 한 디 윌리스'라고 일일이 쓰기보다는, 디·'ET'·윌리스라고 쓰는 편이 간단하고 박진감 넘친다.

디 윌리스의 최신작은 스티븐 킹 원작의 〈쿠조〉다. 원작은 부분적으로 재미있지만, 너무 지루하여 도중에 지치는 경향이 있어 킹의 팬인 나조차 읽기가 좀 곤혹스러웠다. 그런데 〈피플〉에 따르면 영화는 상당히 잘 만들어진 것 같다. "이 영화에 비하면 〈새〉 같은 영화는 단순한 새의 집회고, 〈조스〉도 민폐만 끼치는 물고기 이야기에 지나지 않는다"라고 비평가는 쓰고 있다. 〈피플〉의 영화평은 언제나 상당히 독단적인 느

낌이다. 〈쿠조〉는 광견병에 걸린 세인트버나드가 차에 갇힌
모자를 연신 괴롭히는 이야기지만, 개가 나오는 영화 중에는
옛날부터 잘된 작품이 많아서 이 영화도 그런 의미에서는 기
대할 수 있을지 모른다.

　스티븐 킹의 소설은 거의 전부가 영화로 만들어졌다. 유명
한 작품으로 브라이언 드 팔마 감독의 〈캐리〉와 스탠리 큐브
릭 감독의 〈샤이닝〉이 있는데 〈살렘스 랏〉도 제법 재미있게
만들어진 TV영화다. 《파이어스타터》도 모 프로듀서가 막대
한 원작료를 내고 판권을 사들였다고 하니, 기대된다.

　그러나 킹은 자신의 작품으로 만든 영화에 불만이 좀 많은
것 같다. 특히 큐브릭에 대해서는 "그 사람은 공포가 무언지
를 모른다"라며 형편없이 깎아내렸다. 그래서 본인이 직접 각
본을 쓰고 출연까지 한 것이 〈크립쇼〉라는 옴니버스 호러 영
화인데, 이것은 공포를 조장하는 방법이 너무 품위가 없다는
이유로 좋은 평을 얻지 못했다. 어디까지나 일반론이지만, 공

포소설작가가 진지하게 공포란 무엇인가를 생각하거나, 유머
소설작가가 진지하게 유머란 무엇인가 생각하기 시작하면 만
사가 상당히 바람직하지 않은 방향으로 흘러가는 것 같다.

셔츠 이야기

요전에 낡은 셔츠를 석 장 정도 처분한 터라 새 셔츠를 사려고 하라주쿠의 '폴 스튜어트'에 갔다. 나는 특별히 입성에 까다롭지 않아서 언제나 같은 것만 입지만, 셔츠를 사는 것만큼은 좋아한다. 남성복 진열대에 나란히 있는 셔츠를 보는 것만으로 마음이 편안해진다.

바지나 블레이저코트나 스웨터에는 특별히 그런 느낌이 없다. 어디까지나 셔츠만 그렇다. 어째서 그런지는 잘 모르겠지만, 어쨌든 그런 이유로 셔츠를 좋아한다. 금방 사온 셔츠 포장을 풀 때 훅 풍기는 옥스퍼드 면 냄새도 좋아하고, 빨아서 바싹 마른 옷을 다림질할 때의 그 감촉도 좋아한다.

고교시절과 대학시절에는 VAN 재킷의 버튼다운 컬러, 목둘레 37밖에 입지 않았을 정도로 상당히 마니아 같은 생활을 했지만, 최근에는 어쩐지 그런 취향도 없어지고 다양한 셔츠를 사고 즐기게 되었다.

미국 남성지에는 셔츠 회사 광고가 많은데, 그중에서도 가장 유명한 것은 '애로우'일 것이다. 1920년에 스콧 피츠제럴드가 《낙원의 이쪽》을 써서 데뷔했을 때, 그의 잘생긴 외모는 '애로우 셔츠 광고 모델 같다'고 형용될 정도였으니 그 역사가 길다. 〈뉴요커〉에 실린 애로우사의 새 광고를 보니, 이제 폐점 시각이 된 레스토랑에서 다정하게 붙어 있는 남녀 사진이 있고, '미국이 살아 숨쉬는 셔츠The Shirt America lives in'라는 문구가 달려 있다. 남자는 리처드 기어와 존 트라볼타를 섞어서 나눈 듯한 느낌이다. 아마 지금은 이런 타입의 핸섬 보이가 인기인가보다. 차림새는 세련됐지만, 노는 사람이라기보다 비즈니스맨에 가깝다. 역시 세련된 차림의 여자가 몹시 감동한 표정을 지으며 하얀 셔츠를 입은 그의 팔에 손을 올리고 있다. 훈훈하다.

　그런데 '폴 스튜어트'에서 셔츠를 샀더니 설문지가 들어 있었다. 쓰려고 보니 직업란에 자영업이 세 가지로 분류되어 있다. ① 지적 서비스업 ② 물적 서비스업 ③ 기술 서비스업. ①로

115 할까, ③으로 할까 무척 망설였다. 셔츠 한 장 사는 데 그런 어
려운 질문은 삼가면 좋겠다.

스티븐 킹 & 존 카펜터

19840205 지난번에도 이 칼럼에서 스티븐 킹 원작의 영화 〈쿠조〉 이야기를 썼는데, 이번에는 같은 스티븐 킹 원작으로 존 카펜터가 감독한 〈크리스틴〉 이야기다. 유감스럽게도 이 원작은 아직 읽지 못했지만(하여간 줄줄이 신작을 내는 사람이라), 그래도 킹&카펜터가 처음 함께한 작품이니 이것은 도저히 놓칠 수 없다. 나는 사실 호놀룰루 마라톤에 참가한(편집자 주: 멋지게 완주하셨습니다) 길에, 호놀룰루의 카피오라니라는 꽤 큰 영화관에서 〈크리스틴〉을 보았다. 토요일 오후인데도 객석은 극단적으로 비어 있었다. 같은 시기에 상영된 클린트 이스트우드 주연의 더티 해리 시리즈, 〈서든 임팩트〉가 만석이었던 데 비하면 믿을 수 없었다. 아마 유명한 배우가 한 사람도 나오지 않은 탓도 있을 것이다. 안타깝지만, 작품 자체도 전체적으로 시점이 흔들리는 감이 있어서 카펜터의 베스트 작품이라고는 하기 어렵다.

그러나 그럼에도 이 영화는 참으로 재미있다. 어디가 재미

있는가 하면 이 영화의 주인공은 사람이 아니라 크리스틴이
라는 이름의 빈티지 자동차인데, 그 점이 재미있다. 그렇잖은
가, 지금까지 여러 유형의 오컬트 영화가 있었지만, 무기물이
주인공으로 활약한 얘기는 한 번도 없었다. 그런 점에 착안하
여 스토리텔링을 하는 스티븐 킹도 훌륭하지만, 그걸 실제로
영화로 만든 카펜터도 대단하다. 어쨌든 이 한 가지만으로 영
화가 성립했다.

　이야기는 요컨대 영혼을 부여받은 차 '크리스틴'이 자신을
파괴하려 하는 인간을 하나둘 참살시키는 내용이다. 이렇게
줄거리만 가볍게 이야기하면 조금도 재미없지만, 예의 쉴 새
없이 밀어붙이는 카펜터 터치라고는 믿기 어려울 정도로 극
명하고 세밀한 특수촬영기법에 의해, 이 영화는 기괴하고 스
릴 넘치는 코펠리아극으로 완성되었다. 특히 엉망진창으로
파괴된 차가 꿈틀꿈틀 소생하는 장면은 오싹할 정도로 무섭
다. 신음이 절로 나온다.

'도대체 살아있지 않은 것을 누가 죽일 수 있을까?' 하는 것이 이 영화 포스터의 카피였는데, 영화를 다 본 뒤에 "음, 과연" 하고 수긍했던 멋진 문구다.

독신남 bachelor boy

여성지를 읽다보면 나도 모르게 "그게 어쨌다고!" 하고 소리치고 싶을 때가 종종 있다. 그래서 그런 유의 잡지는 절대 손대지 않으려고 노력하지만, 그래도 달리 읽을 게 없을 때는 그만 뒤적뒤적 페이지를 넘기게 된다.

며칠 전에도 그런 식으로 〈하퍼스 바자〉 12월호를 읽고 말았다. **읽었다**고 하지만, 이 잡지는 실질적으로는 읽을 게 거의 없다. '겨울철 다이어트' '스키장에서의 화장법' '은색 옷 잘 입는 법' 등등 이런 기사를 읽어봐야 나한테 아무 도움이 되지 않는다. 내가 이 가운데 유일하게 시선을 멈추고 읽은 것은 '요즘 가장 매력적인 미국 독신남성 열 명'이라는 특집이었다. 그런데 이 열 명의 인물은 잡지사에서 뽑은 게 아니라, 샌드라 번하드라는 여배우(《코미디의 왕》)가 독단적인 편견으로 뽑은 것으로 개인별 사진 아래 그녀의 평이 달려 있다. 그 열 명을 일단 소개하자면,

① 로버트 라우센버그

② 톰 크루즈

③ 버트 레이놀즈

④ 리처드 체임벌린

⑤ 데이빗 보위

⑥ 존 트라볼타

⑦ 톰 셀릭

⑧ 워런 비티

⑨ 에디 머피

⑩ 리처드 기어

(순서는 같지 않음)

　세상 물정에 어두운지라 자세히 설명하지 못해 죄송하지만,
①은 미술가, ⑦은 탤런트인 것 같다. 나머지는 대충 안다.
　일본에는 사교계라는 것이 없어서 딱히 와닿지 않지만, 미

국에서는 '독신자'라는 말은 좀 특수한 느낌을 띤다. 즉 애스콧타이를 매고 애스턴 마틴 같은 차를 타고 칵테일파티를 찾는 플레이보이의 이미지다. 잘생기고 어딘지 모르게 우울한 기운이 돌며 긴장감 있는…… 뭐 이런 독신남이 한 명 정도 있으면 파티 분위기도 한층 좋아질 것이다. 그런 사람이 '매력적인 독신남'이다. 그저 단순히 결혼하지 않으면 되는 게 아니니, 그 점은 부디 오해가 없기를.

풍만한 새 유방에 관한 고찰

19840305 밥 포시 감독의 신작 영화 〈스타 80〉은 예의 마리엘 헤밍웨이의 가슴 확대수술 쪽으로 화제가 집중해서, 작품이 어떻더라 하는 얘기는 별로 나오지 않았다. 화제 만들기가 아무리 중요하다 해도 이렇게 되면 이러지도 저러지도 못하니 마리엘도 난감했을 것 같다.

"이건 내 가슴이 어쩌고 하는 내용의 영화가 아니에요." 그녀는 변명한다. "내가 수술해서 가슴을 크게 한 것은 내가 하고 싶어서 한 거지 영화 배역을 따려고 한 게 아니라고요. 정말이에요."

그러나 그 말과는 달리 포시 감독은 이 역은 거대한 유방 없이는 안 됐을 거라고 단언했다. 왜냐하면 이 영화의 주인공은 〈플레이보이〉의 핀업걸이어서 확실히 가슴이 납작한 여자라면 할 수 없기 때문이다. 그래서 마리엘이 아무리 "이 영화는 밥 포시의 작품이에요. B급 섹스무비가 아니라고요" 하고 강조해도, 모두의 눈은 결국 인공적으로 보강된 풍만한 새 유

방에 가게 된다. 웃기기도 하고 딱하기도 한 얘기다.

그녀의 어머니 바이러 헤밍웨이는 "딸은 수술 전에 나한테 귀띔해주었지만, 나는 좋다고도 나쁘다고도 할 수 없었어요. 그 아이가 수술받는 것은 역할을 위해서라고 생각했죠. 마리엘은 가슴이 작아서 고민한 적이 한 번도 없었으니까요"하고 말했다. 수술 결과에 대해서는 "너무 극단적으로 크지 않아서 안심했어요"라고 했다. 그녀는 아직 이 영화를 보지 않았지만, "딸의 누드 장면을 보는 것이 엄마로서 좀 괴롭고, 사람들이 다들 유방 문제로 떠드는 것도 싫다"라는 의견을 표명했다. 엄마 입장도 참 힘들 것이다.

그러나 딸 쪽은 더욱 힘들어서 유방에 넣은 실리콘이 서서히 굳어갈 때의 고통이 상당했던 것 같다. 성형외과 의사의 말로는 "고통이 너무 심해서 상당수의 여성들이 그걸 참지 못하고 일단 주입한 실리콘을 제거해달라고 부탁할" 정도라고 한다. 잘 모르긴 하지만, 끔찍한 모양이다.

그래도 마리엘은 그 고통을 잘 극복하고 괜찮은 크기의 유방을 갖는 데 성공했다. 자세한 유방 크기는 확실하지 않지만 〈피플〉의 설에 따르면 "브룩 실즈의 유방과 돌리 파튼의 유방 중간쯤"에 있다고 한다. 재미있네.

최후의 나치 사냥꾼

요전에 〈하퍼스 바자〉라는 잡지는 너무 대충이어서 읽을거리가 별로 없다는 글을 썼는데, 이번에는 그 반대, 즉 읽을거리가 가득한 잡지를 들자면 역시 〈배너티페어〉를 꼽을 수 있다. 얼마 전 이 박 삼 일로 온천여행을 가면서 이 잡지를 갖고 갔는데 아주 **읽을거리**가 많고 좋았다.

한마디로 말해 〈배너티페어〉는 상당히 세련되고 격조 높은 잡지다. 내가 아는 어떤 여성도 〈배너티페어〉의 애독자인데 그녀와 얘기하다 "〈배너티페어〉는 재미있긴 한데 너무 고품격이더군요"라고 했더니, "어머, 그래요? 그런 건 읽는 사람 나름이지 않을까요?" 하는 답이 돌아왔다. 이렇게 단호한 의견을 들으니 아, 그런가 싶어 새삼스럽게 감탄했다.

온천여행을 오며 가져온 〈배너티페어〉에는 작가 프랜신 뒤 플레시 그레이(난 이 사람과 만나 잠시 얘기한 적이 있다)가 쓴 나치 전범 사냥꾼 부부의 르포르타주가 실려 있었다. 세르주 클라르스펠드와 베아테 클라르스펠드라는 이름의 이 부부

는 볼리비아로 도망친, 리옹의 게슈타포 우두머리였던 클라우스 보비의 행방을 찾아, 그 정체를 폭로한 것으로 유명해졌다. 보비는 가명을 쓰며 볼리비아에서 비밀경찰 우두머리로 살고 있었지만, 정권이 교체되고 프랑스 정부가 압력을 넣는 탓에 국외로 추방되어 프랑스로 송환되었다. 두 사람의 노력이 없었더라면 보비의 행방은 영원히 알 수 없었을 것이라고들 한다. 보비는 약 사천 명의 프랑스인을 말살하고, 칠천 명의 유대인을 동유럽 강제수용소로 보낸 인물로 나치 전범 목록에서는 이백삼십구번째 중요 인물로 올라 있다.

　세르주 클라르스펠드는 니스 출신의 유대계 프랑스인으로 그의 아버지는 가족을 대신해서 스스로 게슈타포의 손에 잡혀 아우슈비츠에서 죽음을 맞았다. 아들 세르주는 그 복수에 일생을 걸었다. 한편 아내 베아테는 독일인이지만, 프랑스에 일하러 왔다가 세르주를 만나 그에게 나치의 유대인 사냥 얘기를 듣고 충격을 받아, 모국이 저지른 죄를 갚기 위해 남편

127 못지않은 열성적인 나치 헌터가 되었다.

이렇게 쓰면 그야말로 영웅담 같은 느낌이지만, 실제로는 전후 사십 년 가까이 지나 늙어서 비틀거리는 나치 전범을 아직도 계속 쫓고 있는 사람들의 애절함과 허무함이 행간에 배어나는 담담한 글이다. "나이로 봐도 그렇고, 우리가 아마 마지막 나치 헌터가 되겠지요" 하고 세르주 클라르스펠드는 얘기하고 있다.

정크시대

19840405 〈롤링스톤〉은 1980년대를 '정크시대'라고 정의했다. '잡동사니시대' '위조품시대' '공소空疎시대'쯤으로 번역하면 의미가 가까울지도 모르겠다.

〈롤링스톤〉에서 말하고자 하는 것을 요약하면, 1950년대부터 1970년대에 걸쳐 대중의 라이프스타일은 다 나와서, 이제는 리사이클시대에 들어갔다는 것이다. 얼핏 새로워 보이는 것도 상표와 포장만 새로울 뿐 내용물은 구태의연한 상품이다. 거기에는 이상도 없고 변혁도 없다. 그러나 그런 유의 요령만 잘 파악하면 꽤 편하게 살아갈 수 있는 시대이긴 하다. 웰컴 투 디 에이지 오브 정크!

정크시대는 또한 과대평가시대이기도 하다. 요컨대 내용과 포장=명성의 간격이 점점 벌어지고 있다. 그래서 〈롤링스톤〉은 현재 미국에서 가장 과대평가된 저명인사의 목록을 줄줄이 올렸다. 작가로는 노먼 메일러, 앤 비티, 존 어빙, 수전 손택, 닐 사이먼, 할버스탬, 음악가로는 라이자 미넬리, 주빈 메

타, 키스 자렛, 퀸시 존스, 스틱스, 폴 사이먼, 엘비스 코스텔로, 팻 베나타, 그밖에 키스 해링, 앤디 워홀, 제인 폰더, 칼세이건, 바바라 월터스 등의 이름이 올랐다. 과연 그렇다고 생각하는 사람도 있고, 그런가? 싶은 사람도 있다. 인종은 유대인이 많은 것 같다.

신기한 것은 과대평가라고 판정받은 잭슨 브라운과 존 트라볼타가 멀쩡하게 〈롤링스톤〉 표지를 장식하고 있다는 사실이다. 그리고 같이 이름이 오른 라이오넬 리치의 새 음반은 같은 호의 레코드 평에서 절찬에 가까운 평가를 받고 있다. 존 어빙도 《뉴햄프셔 호텔》의 일부를 몇 회에 걸쳐 〈롤링스톤〉에 발표했다. 하긴 〈롤링스톤〉은 그런 복잡한 구성이 '정크 시대'의 근본정신이라고 하겠지.

내 개인적인 의견을 말하자면, 현대와 같은 정보 과밀 사회에서 모든 명성은 근본적으로 과대평가라고 생각한다. 과소평가의 개념은 이미 어디에도 존재하지 않는다. 과소평가

라고 주목받는 것 자체가 이미 과대평가이다. 어려운 세상
이다.

오디오의 지옥성에 관해

이 칼럼을 담당하고 있는 N씨는 오디오를 무척 좋아하고, 나도 결코 싫어하는 편은 아니어서 만나면 주로 오디오 이야기를 하게 된다. 그 N씨 전에 이 칼럼을 담당했던 또다른 N씨 때는 주로 여자들과 노는 얘기라든가 성병이라든가, 그런 얘기를 했는데 이건 뭐 엄청난 차이다. 아무렇거나 상관없는 일이긴 하지만.

이 오디오를 좋아하는 N씨와 카트리지 이야기를 하다보니 갑자기 새 카트리지가 갖고 싶어져서 아키하바라에 가서 한 개 사왔다. 오디오 부품으로 카트리지가 훌륭한 점은 가족에게 들키지 않고 몰래 살 수 있다는 것, 들켜도 부피가 작아서 "이런 건 5,000엔 정도밖에 안 해"라고 주장하며 얼버무릴 수 있다는 것이다. 이것이 스피커라면 그리 간단히 넘어가지 못한다.

반대로 카트리지를 바꿀 때 곤란한 점이라고 하면, 아주 사소한 수고로 음질이 확 달라진다는 것이다. 그렇게 되면 이번에는 지금까지는 거슬리지 않았던 다른 부품의 흠이 무척 신경 쓰이게 된다. 예민한 카트리지라면 역시 확실한 음관이 갖고 싶어지고, 카트리지가 수용하는 정보량이 늘어난 만큼, 그걸 잘 소화할 수 있는 프리앰프를 갖고 싶어진다. 요컨대 불복과 불만의 총량이 점점 증가한다. 그런 것이 싫어서 나는 몇 년째 피커링 제의 튼실한 싸구려 카트리지로 소박하게 참아왔다. 그런데 N씨가 "이야, 빅터의 L10 샀더니 지금까지 나는 대체 무엇을 들었나 싶어서 기운이 빠지더군요" 하고 신이 나서 얘기하는 바람에, 결국 프리앰프까지 다 사버리고 말았다. 아내는 '당신 세금 낼 수 있지?' 하는 분위기의 눈으로 나를 노려보았다. 정말 난감했다.

여하튼 확실히 소리는 좋아졌다.

내가 생각하는 좋은 소리는 고음 영역과 저음 영역에까지 뻗지 않아도 좋으니, 중간 영역이 손으로 만질 수 있을 정도로 생생하고 힘이 있는 것이다. 그러나 최근 나오는 오디오

133 제품은 그런 소리가 나는 제품이 드문 것 같다. 옛날보다 정보량이 늘고, 소리 자체는 좋아졌지만, 그만큼 **반할 수 있는** 여지는 적어졌다. 어쨌든 무서운 세계다. 여자하고 노는 쪽이 건전할 것 같다는 생각이 안 드는 것도 아니다.

올림픽 유니폼에 관해

19840505 모든 것을 일체 무상 제공하여 화제가 되고 있는 LA 올림픽이지만, 미국팀의 공식 유니폼은 하계도 동계도 모두 청바지로 유명한 리바이스사에서 제공한다. 수영장이나 경기장 건설에 비하면 유니폼쯤이야 하는 식으로 생각하기 쉽지만, 현장의 제작 담당자 말을 들으면 모든 운동선수에게 딱 맞는 유니폼을 제작하는 것은 무진장 어려운 일이라고 한다.

"먼저 체조선수가 있죠. 그리고 농구선수가 있고, 역도선수가 있습니다. 이 세 종목만큼 체형이 완전히 다른 경우도 또 없을 겁니다" 하고 메어리 앤 백스터 양은 투덜거렸다. "그리고 그밖에도 특별한 문제가 있어요. 이를테면 펜싱선수의 다리는 한쪽 다리가 유난히 발달해서 더 길어요. 발을 내딛고 찌르기를 하기 때문이죠."

정말 어렵겠다. 어느 나라의 선수단처럼 **누구한테도 어울리지 않는** 블레이저코트와 모자를 만드는 것도 어려울 거라 생각하지만.

유니폼 중에는 메달 수상용 파카도 포함되어 있다. 메달을 받는 선수는 반드시 이것을 입고, 예의 시상대에 선다. 앞면이 붉은색과 감청색이고, 겨드랑이 아래는 하얗다. 메달을 받고 관객을 향해 손을 흔들면 그 겨드랑이 아래 흰색이 빨강과 감청을 받쳐주어 더 환해 보인다. "우리는 어떻게 하면 사진을 잘 받을지 위주로 디자인을 생각한답니다" 하고 리바이스사의 홍보담당은 말했다. 이런 것은 항상 메달을 받는 데 익숙한 나라에서나 가능한 발상이다. 그러지 않고는 할 수 없는 생각일 것이다.

그리고 '사라예보 스웨터'라는 것도 있다. 이것은 상당히 멋있는 것 같다. 빨간 바탕에 흰색 줄무늬가 들어가고, 거기에 사라예보 올림픽의 엠블럼이 붙어 있다. 이 올림픽 팀의 유니폼 상황을 취재한 〈뉴요커〉 기자는 기념품으로 그 사라예보 스웨터가 몹시 탐났지만 결국은 올림픽 티셔츠만으로 만족해

야 했다며 몹시 아쉬워했다. 나도 티셔츠보다는 사라예보 스
웨터가 더 탐난다.

경이로운 짐 스미스 협회

커트 보네거트의 소설 〈슬랩스틱〉에 나오는 확대 가족 얘기는 아니지만, 미국에는 참으로 많은 클럽이 있어서 **정상적인** 사람이라면 한두 군데 정도의 클럽에 소속해 있다. 《Encolopedia of Association》이라는 책에 따르면, 미국에는 알려진 것만도 일만팔천사백십사 개의 클럽이 있다고 한다 ― 라고 해도 그게 많은 건지 적은 건지 알 수 없지만.

특이한 모임을 들어보자면, '짐 스미스 협회'라는 것이 있다. 이것은 전국의 짐 스미스라는 이름의 사람들이 모여서 만든 클럽으로, 일본으로 말하자면 '야마다 이치로 클럽'쯤 될 것이다. 회원 수는 현재 일천이백십팔 명으로 모임의 목적은 짐 스미스라는 이름을 가진 사람들에게 자긍심을 주자는 것이다. 이것은 짐 스미스라는 이름을 가진 사람은 자신을 평범한 사람이라고 생각하기 쉽기 때문이라고 회장 짐 H.스미스 주니어 씨는 말한다. "우리의 목표는 전국의 짐 스미스들이 모두 가슴을 펴고 당당하게 행동하게 되는 것입니다."

　이름이 짐 스미스여서 겪는 가장 큰 고충 중 하나는 여행할 때 가명을 쓴다고 생각하는 데 있다. 회장인 짐 스미스 씨처럼 부인 이름이 제인이거나 하면 사태는 더욱 악화된다. 호텔 카운터에서 번번이 이상한 눈으로 보기 때문이다. 가엾은 얘기다. 그리고 보니 나도 소설을 쓰기 시작했을 무렵, 이름에 대해 여러 사람에게 "아무리 펜네임이어도 좀 그렇지 않아요?"라는 말을 듣고 주눅 들었던 기억이 있다. 무라카미 하루키라는 이름 어디가 좀 그런 건지 잘 모르겠지만, 어쨌든 본명입니다. 죄송합니다.

　짐 스미스 얘기로 돌아가자. 짐 스미스라는 이름을 가진 사람들은 자신의 능력을 뛰어넘는 부분까지 돌진하는 타입의 사람이 많다고 한다. 이름이 너무 평범하기 때문에 그 이외의 면에서 자신을 과시하고 싶은 잠재 욕망이 있어서일 것이다. 그러나 그들의 그런 적극적인 성향이 그늘진 방향으로 나가는 일도 적지 않아서, 실제로 두 명의 짐 스미스 씨가 교도소에서 빼내달라고 협회에 요청한 적이 있다고 한다. 이렇게 되면 고작 이름 가지고, 라는 말은 할 수 없을 것이다.

　이 모임은 해마다 한 번씩 '전국 짐 스미스 소프트볼대회'를 개최하는데, 이 대회가 아주 인기가 많아서 500마일의 여정이라도 소프트볼을 하기 위해 온다고 하니 대단하다. 참고로 이럴 때는 짐 스미스 씨들은 서로 주소로 부른다고 한다. 네바다 스미스, 하는 식으로.

샘 토드 군의 실종

19840620 "보통 사람들과 사회의 낙오자, 지저분한 부랑자, 노숙자들과의 사이에 있는 얼핏 보아 큰 바다 같은 것은, 사실은 힘껏 돌을 던지면 건너편 해안 브롱크스까지 닿을 듯한 145번가 근처 할렘 강 정도의 폭밖에 되지 않는다 ─ 그렇다고 '인간은 모두 형제'라고 하는 도덕적, 감상적인 얘기를 하려는 건 아니다."

어느 주엔가 나온 〈뉴요커〉의 '토크 오브 더 타운'은 이렇게 시작되었다. 참으로 '토크 오브 더 타운'다운 서두이다. 좀 긴 듯한 문장이지만, 한 군데 트위스트가 있고, 그리고 그다지 강요하지 않는 센스 있는 비유가 있다. 〈뉴요커〉를 읽을 정도의 뉴요커라면 145번가의 할렘 강 폭이 어느 정도인지 알고 있을 테니, 정경으로는 쉽게 문장에 빠져들 수 있다. 대체 어떤 얘기를 시작하려는 걸까? 하는 생각이 든다.

샘 토드라는 예일 대학 신학부 학생이 멀베리 스트리트에서 열린 섣달그믐 파티에서 자취를 감추었다. 그의 부모와 형제

는 일을 그만두고 그리니치 빌리지에 있는 교회를 본부로 삼고 지도에 의지하여 그의 행방을 찾아 시내 곳곳을 빠짐없이 찾아다녔다. 친구들은 사진을 포함한 포스터를 전봇대에 붙이고 다녔다. 그래도 단서는 없었다. 그는 기억을 잃어버렸을까? 아니면 누군가에게 살해되어 강이나 바다에 던져진 걸까?

어느 날 밤, 이 글을 쓴 기자는 교회 보호소 안에서 부랑자들이 모여 토드 얘기를 하는 걸 들었다. 부랑자들 몇 명은 토드의 친구들로 구성된 수색대에게 질문을 받았고, 물론 그들은 최대한 도움이 되는 정보를 수색대에 알려준 듯했다. 그리로 가서 찾아봐, 하는 식으로. 그러나 그런 대규모 수색 활동은 부랑자들을 곤혹스럽게 만들었다. "난 이십 년이나 실종 상태이지만, 누구 하나 찾으러 오는 사람이 없는데" 하고 그들 중 한 사람이 말했다.

요컨대 토드의 가족처럼 생업까지 포기하고 수색대를 조직할 만한 여유가 있는 사람들은 정말로 예외 중의 예외다. 그

래서 시내에는 부랑자가 계속 늘어나고 있다. 높은 실업률과
거리의 긴장도가 그런 추세에 박차를 가하게 된다. 뉴욕에 사
는 사람들은 자신의 아들이나 딸이 부랑자가 될지도 모른다
는 가능성을 아무도 무시할 수 없다. 그리하여 샘 토드는 뉴
욕의 거리로 완전히 빨려들어가버린 것이다.

레지 잭슨 식의 인생

지금 미국에서 가장 유명한 세 명의 잭슨이라고 하면, 당연히 제시, 마이클, 레지를 들 수 있다. 상향세인 제시, 인기 최고인 마이클, 약간 하향세인 레지지만, 그 레지도 아직 쓸 만하다. 지난 시즌에는 슬럼프로 1할 9푼 4리라는 믿기 어려운 타율 기록을 남겼지만, 캘리포니아 에인절스는 계약상 올해도 그에게 100만 달러의 연봉을 주게 되어 있다. 부업으로 하는 부동산, 자동차 판매, 석유 등 각종 사업도 순조롭다. 취미는 클래식 자동차 수집으로, 이걸 전부 돈으로 환산하면 약 250만 달러나 된다. 오클랜드에 저택을, 캐멀에는 방이 여섯 개인 별장을, 뉴포트 비치에는 콘도를 갖고 있다. 머리가 좋고 충분히 매력 있는 성격이어서, 시즌이 끝난 뒤에는 TV 스포츠 프로그램의 리포터나 광고 모델로 서로 데려가려고 한다. 지금은 자서전을 쓰고 있는데, 공저자인 작가가 그의 이미지를 너무 '자기중심적'으로 규정하려고 해서 "구십 페이지까지 쓰고 집어던져버렸다"고 한다. 어쨌든 필라델피

아의 가난한 바느질집 아들은 같은 필라델피아 출신의 로키
발보아처럼 두말할 나위 없는 슈퍼스타로 발돋움했다.

다음은 〈라이프〉에 실린 레지 잭슨의 어록.

① "나는 레이건을 강력히 지지한다. 일하지 않는 놈들에게 무임
　　승차FREE RIDE를 허락해서는 안 된다."
② "남들이 나를 제대로 알아주길 바라지 않는다. 그래서 아무도
　　집에 부르지 않고, 남의 집에도 놀러가지 않는다."
③ "한번 가난을 맛보면 만족을 모르게 된다. 아무리 돈이 많아도
　　또 가난해지지 않을까, 그런 생각에 불안해한다."
④ "나를 보기 위해 관객이 야구장에 온다. 이것은 야구 능력 이상
　　의 것이다."

마지막으로 레지의 예전 여자친구의 증언.

"그는 나를 요구가 많은 여자라고 해요. 그는 내가 레지 잭슨 앞에 있다는 것만으로 만족해야 한다고 생각하죠. 인간관계라는 건 그런 거라고 그 사람은 생각해요."

에인절스와 계약이 끝나는 올 시즌이 레지 잭슨에게 가장 중요한 고비가 될 것 같다.

브리그의 우산

19840720 〈에스콰이어〉에서 퍼온 우산에 관한 이야기.

제일 처음 우산을 쓰고 런던 거리를 걸었던 영국인에게 인생은 결코 달콤한 장미정원이 아니었다. 그 남자는 조너스 한웨이라는 박애주의자로, 때는 서기 1750년의 일이다. 우산이 널리 일반에게 퍼지게 된 것은 그후로 약 삼십 년 뒤이니, 그 삼십 년 동안 한웨이 씨는 지나가는 사람들에게 "제대로 마차를 타든가, 아니면 신의 뜻대로 비를 맞고 다녀!" 하는 식의 비난 세례를 받았다.

18세기 영국에서 우산이 별로 보급되지 않았던 가장 큰 이유는 당시의 남자들 대부분이 칼을 차고 다녀서였다. 우산이란 건 상당히 우스꽝스럽고, 무엇보다 우산과 칼을 둘 다 갖고 다니는 것은 불가능에 가깝다. 비에 젖지 않도록 우산을 펴고 다니는 모습은 사람들 눈에는 뭔가 비열해 보였던 것이다.

19세기가 되어서 사람들은 겨우 칼을 들고 다니기를 그만두고, 대신 지팡이를 갖고 다니게 되었지만, 그래도 아직 우산은 남자다움이라는 점에서는 몇 단계 아래에 있었다. 그러나 1852년에 요크셔에 사는 새뮤얼 폭스라는 남자가 요즘 사용하는 금속 뼈대의 우산을 발명하여, 둘둘 말아서 단단하게 접어 날씬한 우산집에 넣도록 연구했다. 덕분에 그것은 칼집에 든 칼이나 지팡이라고 해도 충분히 통할 정도의 모양새가 되어, 사람들은 비로소 우산을 인정해도 좋겠구나 생각하게 되었다.

고작 우산 하나에도 여러 가지 복잡한 역사가 있는 법이다. 제일 처음 전철에서 워크맨을 들었던 선인의 고충이 짐작된다.

런던에서 가장 유명한 우산 가게는 스웨인 아데니 브리그&선스(이하 브리그로 줄임)로, 이 가게는 왕실에도 조달한다. 불과 최근까지만 해도 최대한 단단하게 감긴 우산이야말로 신사의 긍지라고 믿는 적잖은 수의 영국인들이, 우산을 빨고 다림질하고 단단하게 말기 위해 매일 아침 10시가 되면 우산을 들고 브리그 문을 두드렸다.

브리그 우산은 절대로 디자인을 바꾸지 않는다. 수북하게 밥을 담은 밥공기 같은 모양으로 둘이 같이 쓰기에는 어울리지 않지만, 혼자 쓰면 비에 잘 젖지 않는다. 한 개의 우산을 만드는 데 브리그에서는 여덟 명에서 열 명의 직인이 세 시간을 들인다. 가장 싼 나일론 모델이 약 15,000엔이라고 하니 그 정도라면 우리도 살 수는 있을 것 같다. 최고급품은 14만엔 정도.

도미니크 던의 교살

1984.08.20 　영화 〈악령의 상자〉에서 장녀 역을 연기한 도미니
크 던이 남자친구에게 목을 졸려 의식불명이 된 것은 1982년
10월 31일이었다. 남자친구는 존 스위니라는 28세의 청년으
로, 그는 '마 메종'이라는 웨스트할리우드에 있는 최고급 프
랑스식당의 수석 주방장이었다. 스위니는 도미니크의 목을
조른 현장에서 경찰에게 체포되어 범행을 인정했다. 도미니
크는 뇌가 손상된 상태로 병원에 실려갔지만, 결국 11월 4일
에 숨을 거두었다.

　도미니크 던의 숙부는 작가 존 그레고리 던이고, 부친인 도
미니크 던Dominick Dunne(딸은 Dominque)도 역시 각본과 소설
을 쓰는 작가였다. 그녀는 베벌리힐스의 부유한 가정에서 남
자 형제 사이의 고명딸로 아무 고생 없이 사랑받으며 자라서,
TV탤런트로 성공하였고, 영화배우로도 장래를 약속받고 있
었다. 그에 반해 스위니 쪽은 말하자면 바닥에서부터 올라간
요리사로, 가정에 문제가 있어 감정적으로도 몹시 불안정한

데가 있었다. 그에게 질린 도미니크가 이별 얘기를 꺼내자, 스위니는 격앙하여 그녀의 목을 졸랐다. 흔히 있는 얘기다. 판결은 징역 육 년 육 개월이었지만, 복역 중에 문제를 일으키지 않는 한 절반 정도 지나면 자연스레 석방될 테니, 재판 기간을 빼면 실질적으로는 이 년 육 개월만 복역하는 셈이다.

아버지 도미니크 던은 이 가벼운 판결에 분노하여 〈배너티 페어〉에 '정의'라는 제목으로 긴 수기를 기고했다. '꽃집에 침입한 비폭력 강도사건 범인이 징역 오 년인데, 어째서 내 딸을 죽인 살인범의 형기가 이렇게도 짧은가?' 그는 묻는다. 결국 튀고 싶어하는 젊은 판사와 경험 많고 실력 있는 변호사가 '가난한 청년이 사랑의 격정에 치달려 잠시 이성을 잃고 부잣집 아가씨를 죽였다'는 시나리오를 만들고, 거기에 맞춰 재판을 진행하고, 피고에게 유리한 증거만 채용했기 때문이라고 도미니크 던은 재판을 비판했다. 스위니가 지금까지 몇 번이나 비슷한 사건을 일으켰다는 증거는 거의 채택되지 않고, 배심

원이 "자신은 범행에 대한 기억이 아무것도 없다"라는 스위니의 증언을 인정하여 범행은 사전 의지가 없는 우발적 살인이라는 판결을 내린 것이다. 물론 이것은 피해자 측의 일방적인 수기이므로 어디까지가 객관적 신빙성이 있는지 의문이지만, 그래도 이 수기를 읽으면 미국에서 재판 운영의 끔찍함이 생생하게 전해져서 몹시 무섭다.

"존 스위니는 교도소를 나오면 또 맛있는 음식을 만들어, 다른 누군가를 죽일 것이다" 하는 것이 판결 뒤에 검사가 남긴 메시지다.

달리기를 위한 음악

19840905 집 근처에 육상 트랙이 있어서 곧잘 그곳을 달리는데, 트랙을 삼십 바퀴 정도 혼자 달리다보면 아무래도 지겹다. 처음에는 지루함을 견디려고 이런저런 생각을 하거나 혼잣말을 중얼거리기도 하지만, 그러다 곧 생각할 거리도 떨어지고, 그저 묵묵히 발을 앞으로 내미는 동작만 하게 된다.

그래서 요전에 스포츠용품점에 가서 고정밴드를 사와 워크맨을 고정해서 달고, 음악을 들으며 달릴 수 있도록 연구해보았다. 처음에는 익숙지 않았지만, 며칠 계속하다보니 아주 쾌적하게 달릴 수 있었다. 1킬로미터를 오 분 이내에 달리는 데는 좀 맞지 않지만, 세월없이 달리기에는 딱 좋다.

그런데 다음에는 테이프에 녹음할 음악이 문제인데, 이 선곡이 여간 어려운 게 아니다. 너무 짧은 곡은 리듬이 자꾸 변화해서 달리기 어렵고, 그렇다고 디스코 풍의 긴 음악은 아무래도 리듬이 맞지 않고, 포비트 재즈도 달리기에 맞는 리듬은 아니다. 내 경험으로 말하자면 달리기를 위한 음악으로 가장

좋은 것은 '스타스 온' 풍의 메들리송이다. 리듬이 안정되어 있고, 기본적으로 단순해서 편하게 달릴 수 있다. 그리고 스터프나 크루세이더스 같은 심플한 퓨전음악도 나쁘지 않다. 극히 평범한 아메리칸 록뮤직도 달리기에 어울린다.

최근 즐겨 듣는 달리기용 음악은 존 쿠커 멜런캠프와 휴이 루이스 앤 더 뉴스의 새 음반과 예의 〈풋루스〉의 OST와 보비 워맥의 〈POET2〉로, 이런 걸 들으면서 달리면 지평선 저너머까지 달릴 수 있을 것 같은 기분이 든다. 이런 얘길 쓰면 소설가 야마카와 겐이치 씨한테 또 한 소리 듣겠지만, 휴이 루이스 앤 더 뉴스는 최고로 미국적이고 기분 좋은 밴드니까.

마지막으로 본문과는 별로 관계없는 이야기 두 가지.

① Walkman의 복수형이 무엇인지 아시는지? 답은 Walkmen이다. 좀 이상한 것 같겠지만, 틀림없이 그렇다. '워크맨을 듣는

소년들'은 The boys who are listening to Walkmen이 된다. 대학 시험하고는 별로 관계없지만.

②외국에서 열리는 달리기 대회에 나가면 가슴이 큰 여자들이 꽤 달리는데, 일본 대회에서는 그런 사람을 거의 보지 못했다. 별로 상관없지만, 그런데 어째서일까?

더
스크랩

마이클 잭슨 닮은 사람 쇼_1

1984.09.20 미국에는 별난 단체가 정말 많은데, 로스앤젤레스의 '론 스미스 닮은꼴 협회Ron Smith's celebrity of looks-alike of L.A.'도 그중 하나다.

문자 그대로 유명인 닮은 사람을 모아서 TV쇼나 디너쇼, 광고 등에 알선해주는 일을 하고 있다. 이 협회에는 상시 사천 명에 이르는 유명인 닮은 사람이 등록되어 있어, 전화 한 통으로 바로 해결된다. 예를 들면 무슨 여흥에서 엘리자베스 여왕 닮은 사람이 필요할 경우, 이곳으로 전화하면 끝이다. 편리하다면 편리하지만, 그런 일을 하는데 용케 국제 문제가 되지 않는다.

그밖에 낸시 레이건 닮은 사람도 있다. 시기가 시기인 만큼 그녀는 상당히 인기인 것 같다. 물론 이 사람은 민주당원으로 대통령 선거에 대해서는 "누구한테 투표할지는 비밀"이지만, "앞으로 사 년 정도는 지금 이대로 있고 싶네요"라고 한다. 복잡하다.

그런데 이 협회의 회장인 론 스미스 씨의 말에 따르면 최근에 가장 잘나가는 사람은 뭐니 뭐니 해도 마이클 잭슨 닮은 사람이라고 한다. "하여간 우리 회사에 걸려오는 주문 전화 열 통 중 예닐곱 통이 마이클 잭슨을 찾죠"라고 한다. "한때 엘비스 프레슬리 열기도 대단했지만, 마이클은 그걸 능가해요. 굳이 견준다면 마릴린 먼로와 비틀스 정도려나."

그래서 그는 그런 수요에 부응하고자 전국을 돌아다니며 마이클 잭슨 닮은 흑인 청년을 찾아, 결국 열세 명의 유사 마이클을 협회에 등록시켰다. 그 열세 명 중에는 댈러스에 사는 흑인 여성도 한 명 포함되었다. 그러나 그래도 아직 수요에는 한참 못 미쳐서 "적어도 앞으로 마이클 잭슨이 스물다섯 명 정도는 더 필요해요"라고 한다.

그중에서도 가장 닮은 사람이 시드 채프먼이라는 21세의 청년으로, 일설에 이 사람은 "마이클 본인보다 더 마이클을 닮았다"라고 하니, 대단하다. 이 채프먼은 아주 평범한 **차림**으

157 로(라는 것은 무대복을 입거나 반짝이가 달린 장갑을 끼지 않았다는 것입니다) 던킨 도넛에 들어가기만 해도 군중들이 몰려들어 입고 걸친 것을 벗겨가고 뜯어간다고 한다. 마이클 잭슨을 많이 닮은 사람은 던킨 도넛에도 들어가지 못하는 것 같다.

마이클 잭슨 닮은 사람 쇼_2

1984 1005 지난 호에 이어서.

마이클 잭슨보다 더 마이클 잭슨을 닮았다는 채프먼은 나이트클럽에 출연해서 매일 밤 '마이클 잭슨 쇼'를 하고 있다. 하룻밤 출연료는 300달러라고 하는데, 이것이 싼지 비싼지는 잘 모르겠다.

다만 이 채프먼은 노래가 전혀 안 돼서 마이클 잭슨의 레코드를 틀어놓고 립싱크를 하면서 예의 안무만 할 뿐이다. 그래도 쇼의 인기는 엄청나서 나이트클럽 매니저 말로는 "진짜 마이클 잭슨을 볼 수 없는 젊은이들은 유사체험을 통해 흥분한다"고 한다. 이것은 뭐랄까, 대리만족을 즐기는 것과 같다. 그러고 보니 성인용 사진집 모델에 청순 가수의 사진을 붙이는 얌체 같은 상술도 있었다.

"요컨대 수요와 공급 문제죠." 가짜 마이클 잭슨 투어 프로모터인 짐 굿윈이라는 이름의 남자는 말한다. "수요가 많고 공급이 적어요. 마이클 잭슨이라는 실제 인물이 한정되어 있

다는 사실이 이런 상황을 만들어내는 거죠. 그래서 마이클 잭슨을 조금이라도 닮았거나, 아무리 사소한 것이어도 조금만 관련되면 장사가 돼요. 나요? 그런 쇼를 볼 리 없죠."

그러나 마이클 잭슨을 닮았다고 좋은 일만 있는 건 아니다. 길거리에서 습격을 당해 재킷이며 구두를 빼앗기기도 하고, 레스토랑에서 평범하게 팁을 내면 "마이클 잭슨이 겨우 이것밖에 안 주네!" 하는 웨이트리스의 호들갑스러운 반응을 감당해내야기도 한다. 가엾게도.

그리고 많은 마이클 닮은 사람들은 진짜 마이클다워지려고 피나는 노력을 한다. 그들 대부분은 마이클 흉내를 내느라 술도 마시지 않고 담배도 피우지 않는다. 여자와 자지도 않는 ─ 지 어떤지는 잘 모르겠지만, 상당히 깔끔하게 사생활을 절제하는 것은 사실이다. 그런 점에서 마이클 잭슨은 청년들에게 아주 좋은 영향을 미치고 있다. 옛날에 재즈 청년들이 찰리 파커를 따라 마약을 했던 것과는 완전히 다르다.

닮은 사람 중 한 명인 마리오는 말한다. "어떤 사람들은 신에
게 기도하지만 나는 마이클 잭슨에게 기도합니다."

뉴버리 스트리트에 있는
신기한 가게

독특한 것을 좋아하는 사람은 알고 있을지도 모르겠지만, 보스턴의 뉴버리 스트리트에 '굿스GOODS'라는 이름의 독특한 완구점이 있다. 이 가게에는 특이한 것, 색다른 것, 좀 이해하기 어려운 것들이 잔뜩 진열되어 있어서 그런 유의 것을 좋아하는 사람들을 설레게 한다.

예를 들면 '르 붐!'이라는 이름의 얼음 폭발기가 있다. 이것은 말 그대로 얼음을 폭발시키는 장치다. 퓨즈에 점화해서 이것을 아이스박스 안에 넣어두면 쾅하고 폭발하여 파티에서 인기인이 될 수 있습니다 —라고 하는데, 정말일까? 죽도록 얻어맞고 쫓겨날 것 같은 느낌이 드는데. 이것은 5달러.

그리고 해가 없는 걸로는 '뮤지컬 쓰레받기'라는 것도 있다. 설명서를 읽어보면 '뮤지컬 쓰레받기는 쓰레받기라는 보잘것없는 잡화 물건을 즐거운 악기로 변신시킨 것입니다'라는 설명이 있지만, 어디에 쓰는 물건인지 도통 짐작이 가지 않는다. 그러나 가격이 12달러인 걸 보니, 그리 쓸데없는 것은 아닌가보다.

'매직 가든'은 벚나무로 둘러싸인 진짜와 똑같은 후지 산 모형을 플라스틱 쟁반 위에 올려놓은 것이다. 거기에 '비밀의 물약'을 살짝 뿌리면 금세 정원이 생긴다고 한다. 설명서만 읽어도 수상하긴 하지만, 가슴이 설렌다. 3달러 50센트.

징그러운 물건으로는 '스마일 하모니카'가 있다. 이것은 엘라 피츠제럴드가 빙그레 웃을 때의 입술 모양처럼 생긴 하모니카로 거기에 입술을 갖다대고 부는 것이다. 좀 그렇다. 절대 엘라 피츠제럴드를 비방하는 건 아니지만……. 가격은 비교적 싼 2달러.

'멍텅구리 시계nerd clock'라는 것도 있다. 이것은 제대로 된 시계를 거울에 비춘 모양으로 생겼다. 바늘도 거꾸로 돈다. 그러나 시간은 정확합니다 —라고 설명서에 쓰여 있다. 시계를 보는 사람 머리가 돌아버릴 것 같기 때문에 '멍텅구리 시계'다. 15달러. 더욱 영문을 알 수 없는 것은 '특제 손목시계'로 설명서에는 '삼십 초마다 문자판의 낮과 밤이 바뀌고, 일 분마다 요트와 자동차가 일주합니다'라고 쓰여 있지만…… 대체 뭐지, 이건? 가격은 30달러.

　이 가게 주소는 보스턴의 뉴버리 스트리트 130번지. 호기심 많은 분들에게 추천.

스크래블 게임

1984 1105 1930년대의 대공황기에는 상당히 다양한 물건들이 발명되었다. 실업자가 많아져서 시간이 남아도는 사람들이 이런저런 지혜를 짜낸 이유도 있고, 다들 가난하니 제각기 돈이 들지 않는 것을 연구해야 했던 이유도 있을 것이다. 그야말로 '발명품의 어머니'라 할 만한 스크래블 게임도 그런 대공황기의 위대한 발명품 중 하나다.

모르는 분들을 위해 스크래블 게임을 설명하자면, 뒷면에 알파벳을 인쇄한 네모난 타일을 게임판의 눈금에 맞춰 늘어놓고 단어를 만들어서 그 점수를 겨루는 게임이다. 단순한 게임이지만, 이것이 뜻밖에 질리지 않아서 빠져들기 시작하면 끝이 없다. 나도 예외는 아니어서 이 게임을 아주 좋아하는데 친구들 몇 명이 모이면 한 손에는 위스키잔을 들고 재키 매클린의 오래된 음반에 귀를 기울이며, 시간 가는 줄 모르고 이 게임에 심취한다.

스크래블 게임은 한창 불황이 심할 때 알프레드 모셔 버츠라는 실업 상태의 건축가가 발명했다. 각각의 알파벳 수와 점수는 〈뉴욕타임스〉에 나오는 알파벳 등장 빈도에 따라 정했다. 물론 가장 많고 점수가 낮은 것은 e, 가장 적어서 점수가 높은 것은 q, x, z이다. 〈뉴욕타임스〉에 나오는 알파벳 수를 전부 세는 것은 어지간히 힘든 일이었을 것이다. 나라면 절대로 못 한다.

스크래블 게임의 인기는 처음에는 별로였지만, 버츠 씨가 큰 게임 회사에 권리를 위탁한 1950년대에 비로소 전국적으로 붐이 일었다. 현재까지 팔린 스크래블 게임의 수는 약 일억 세트라고 한다. 물론 버츠 씨의 지분은 별로 대단치 않아서 본인 말로는 "편하게 살 수 있는 정도"라고 한다. 이 버츠 씨는 84세로 아직 건재하지만, 최근 스크래블 게임의 TV게임판이 발매된 것에 대해서는 상당히 비판적이다. "TV라는 건 뉴스를 보기 위한 거네, 자네들"이라고 그는 얘기한다. 뜻밖의 정론이다.

버츠 씨 자신은 푸어 스펠러poor speller지만, 죽은 그의 아내는 스펠링에 아주 강해서 한번은 'QUIXOTIC'이라는 단어를 완성해 한 단어로 230점이나 땄다고 한다. 대단하다. 참고로 '퀵사틱'이란 말은 '돈키호테적인'이라는 뜻이다.

비치발리볼 사정

1984년 1월 29일 〈캘리포니아 드리밍〉〈데드맨스 커브〉 같은 해변 청춘영화를 보면, 반드시 비치발리볼 하는 장면이 나온다. 모래사장에서 네트를 치고 이 대 이로 하는 배구다.

나는 줄곧 그것이 놀이인 줄 알았는데, 실상을 알고 보니 프로선수도 있는 정식 스포츠였다. 하와이의 일간지 〈호놀룰루 어드버타이저〉에 따르면 호놀룰루의 포트 드루시 해변에 있는 힐튼 하와이언 빌리지 코트에서 맥주회사 밀러 주최로 비치발리볼 대회가 열린다고 한다. 상금은 12,000달러다.

1983년에는 토너먼트 투어에서 전부 십이 회의 이벤트를 열고, 상금 총액은 137,000달러에 이르렀다고 하니, 이건 더 이상 놀이라고는 할 수 없다. 열두 번의 경기는 플로리다, 시카고, 콜로라도, 애리조나, 캘리포니아, 하와이에서 열렸다고 하는데, 콜로라도의 어디서 비치발리볼을 하는지는 확실하게 모르겠다.

비치발리볼은 평평한 모래 위에서 하는 것이 원칙으로, 네

트의 높이는 일반 배구와 같다. 어느 쪽이 서브를 넣어도 점수가 올라가고 두 세트를 먼저 따는 쪽이 승리. 이 하와이언 오픈에는 스물여섯 팀이 출장한다. 선수는 대부분 과거 올아메리칸 클래스의 정식 배구선수들로, 겨울과 봄에는 이탈리아에서 프로 배구선수로 활약하고, 여름이 되면 미국으로 돌아와서 비치발리볼 상금 벌기에 열을 올린다.

하와이의 최고 팀은 제이 앤더슨과 존 안데르센 콤비로, 그들은 프로선수가 아니다. "우리는 일이 있어서 한 주에 두세 번밖에 연습을 못 해요. 게다가 호놀룰루에는 비치발리볼을 할 수 있는 코트가 두 군데뿐이어서 두 시간 반이나 기다려야 하죠. 그것도 해수욕 손님들 탓에 거의 사용하지 못하는 실정이니, 좀더 비치발리볼을 이해해주면 좋겠어요"라고 한다. 여러 가지로 힘든 모양이다. 그러나 비치발리볼은 어딘지 모르게 동성연애자 같은 분위기로, 그쪽 사람들이 좋아할 것 같다. 일본에서도 유행하지 않을까?

브레이크댄스 이야기

라스베이거스에서 돌아온 지인이 이야기하기를 그곳에서는 '브레이크댄스쇼'라는 걸 하는데 이것이 상당히 인기가 많다고 한다. 나이트클럽 무대에서 보는 브레이크댄스가 구경꾼들에게 어떤 감흥을 주는지 나는 잘 모르지만, 뭐 웨인 뉴턴의 쇼에 가는 것보다는 재미있지 않을까.

R.H.브쉬킨 어소시에이트라는 리서치회사의 조사에 따르면 미국 성인남자의 84퍼센트는 브레이크댄스의 존재를 알고 있다고 한다. 이것은 상당한 숫자 같지만, 거기에 비해 자기도 브레이크댄스를 춰보고 싶다고 하는 사람은 8퍼센트로 뚝 떨어진다.

물론 "나도 춰보고 싶다"고 하는 사람은 젊은 층에 많아서 18세부터 24세까지의 성인 남자 23퍼센트는 한 번쯤 도전해 보고 싶다는 생각이었다. 수입으로 말하자면 연수입 3만 달러부터 39,000달러 — 750만 엔에서 1,000만 엔 정도 — 의 계층에서 특히 그런 경향이 강해 다른 계층보다 약 두 배 더

브레이크댄스를 추고 싶어한다. 어째서 비교적 연수입이 높은 사람이 브레이크댄스를 추고 싶어하는지 잘 모르겠지만, 아무튼 결과가 그렇다.

50세부터 64세까지에서는 3퍼센트의 사람들만 브레이크댄스를 배우고 싶다고 하며, 65세 이상은 제로다. 65세 넘은 사람이 정수리로 도는 건 무리겠지, 당연히. 게이트볼하고 다를 테니까.

이런 기사를 읽으면 미국인은 정말로 통계조사를 좋아하는구나, 싶다. 이런 걸 조사해서 뭐에다 쓰려는 건지.

그런데 〈비트 스트리트〉라는 해리 벨러폰테가 프로듀스한 브레이크댄스영화는 아주 잘 만들었기도 하거니와 재미있었다. 힙합하는 흑인 DJ와 브레이크댄스에 미친 동생과 지하철에 낙서하는 데 목숨을 거는 푸에르토리코 사람 삼인조가 주인공인 좀 쓸쓸한 청춘물로, 스토리는 차치하고, 아무것도 아닌 생활 묘사 감각이 싱싱해서 아주 좋았다. 특히 전체를 랩

171 으로 시원스럽게 해치우는 마지막 장례식 장면은 압권이랄까 강력했다. 그런 장례식은 밝아서 좋을 것 같다.

뉴욕에서 애완동물의
죽음이란

1984 1 220 뉴욕에 있는 '애니멀 메디컬센터'라는 동물병원에는 사회복지사가 전속으로 있다. 사회복지사라고 동물을 상담하는 게 아니라, 병에 걸린 애완동물의 주인을 위로하거나 설득하는 것이 이 사람들의 주요 업무다.

이 병원 의사 얘기로는, 뉴욕만큼 애완동물과 주인이 정신적으로 깊이 맺어진 곳은 없다고 한다. 그러니 당연히 애완동물의 죽음은 주인에게 큰 충격을 준다. 그러나 의사는 일 자체가 힘들고, 시간도 한정되어 있어서 주인을 위로하거나 이해할 여유가 거의 없다. 그래서 사회복지사가 등장하는 것이다. 수전 코엔이라는 이 여성의 역할은 한마디로 말해 주인이 애완동물의 병과 죽음에 잘 적응하게 돕는 것이다. 그래서 그녀는 개나 고양이의 진료카드를 살펴보고 담당의사에게 이야기를 들어본 뒤, 그것을 주인에게 알기 쉬운 말로 설명한다. 그리고 안락사가 필요한 경우에는 주인이 결단을 내릴 때까지 친절하게 상담해주고, 처치가 진행되는 동안 줄곧 옆에 있어준다. 그뿐만 아니라 애완동물을 잃은 뒤 수개월 동안 의사를 원망하고 침울하게 지내는 사람들을 위해 정신치유 모임을 주관하는 것도 그녀의 일 중 하나다. 연간 약 육십 명의 사람들이 이 모임에 참가해서 서로 애완동물 사진을 보여주고 서로 위로하며 '사회복귀'를 해나간다.

나도 고양이를 꽤 많이 키운 사람이어서, 애완동물을 잃은 사람들의 기분을 모르는 바는 아니다. 그러나 그렇게까지 도움을 받아야 하는 일인가 하는 생각도 든다. 동물은 언젠가는 죽는 법, 그것도 대부분은 갑자기 죽어버린다. 그러니 그들이 살아있는 동안 후회가 남지 않도록 잘 키우는 것이 애완동물의 죽음에 대해 우리가 할 수 있는 최선의 행위가 아닌가 생각한다.

뭐 그건 그렇다 치고 중태인 12세의 고양이를 의사에게 맡긴 어느 여성은 "미세스 코엔을 만나기 전까지 남편은 눈물도 흘리지 못했답니다. 우리는 친구에게조차 분노와 불안을 털어놓지 못했으니까요"라고 얘기한다. 이런 걸 읽으면 확실히 도시란 곳은 고독한 장소구나 하는 걸 실감한다. 참고로 애완동물을 잃은 주인은 거의가 다니던 동물병원을 바꾼다고 한다.

빌 · '고스트 버스터스' · 머레이

〈고스트 버스트스〉의 주인공이었던 빌 머레이 때문에 CBS 모닝쇼의 여성 뉴스캐스터가 라이벌인 ABC 모닝쇼의 뉴스캐스터에게 머리를 숙였다는 기사를 미국 신문에서 읽은 적이 있다. 사연인즉슨 CBS 여성 캐스터의 딸이 어떡하든 빌 머레이의 사인을 갖고 싶다고 해서, 그녀는 울며 겨자 먹기로 ABC 스튜디오까지 달려가, 모닝쇼에 출연한 빌 머레이에게 사인을 받았다는 것이다. 미국의 삼대 방송사는 시청률 경쟁이 격심한데, 이 일은 **사건**까지는 아니라도 소소한 해프닝이 되었다. 그러나 머레이처럼 머리숱은 점점 줄어가고 그리 풍채도 대단찮은 중년 아저씨가 어째서 그렇게 인기가 있는지, 나는 도저히 이해가 안 간다. 이 사람에게 화면에 나오기만 해도 웃겼던 벨루시 같은 매력이 있는 것은 인정하지만, 그렇다 해도 "5미터 걸을 때마다 팬이 말을 건다"(《롤링스톤》)니, 대단하다.

머레이는 체비 체이스의 후임자로 〈새터데이 나잇 라이브〉

의 고정출연자가 되어 인기를 얻었지만, 그전에 〈내셔널 램푼 쇼〉의 지방공연 멤버로 존 벨루시와 오랜 세월 룸메이트로 지 낸 적이 있다.

그럼 둘이서 곧잘 코카인을 한 건 아닌가요? 라는 인터뷰어 의 질문에 그는 "아뇨, 전혀. 우리한테는 코카인 살 돈이 없었 는걸요"라고 대답했다. "그래서 우린 닥치는 대로 술을 마셨어 요. 어쨌든 공연을 하면 술은 실컷 마실 수 있거든요. 들어오 는 대로 다 마셔젖히느라 코카인 생각할 때가 아니었죠. 그 시절에는 벨루시하고 롤링록 맥주를 엄청 땄죠."

빌 머레이는 여러 가지 사정으로 —이 사정이 참으로 독특 하지만— 인도에서 서머싯 몸 원작 〈면도날〉의 래리 대럴 역 을 촬영하면서, 뉴욕에서는 〈고스트 버스터스〉 촬영을 마쳤다.

"그건 정말 힘들었어요"라고 그는 말한다. "어제까지 인도 사원에서 깨달음을 얻고자 진지하게 명상하는 승려들에게 둘 러싸여 있다가, 오늘은 뉴욕의 드러그스토어에서 귀신을 쫓

아내고 있으니 말이죠.”

　내 개인적인 감상을 말하자면 〈면도날〉의 청년 대럴이 마지막으로 고스트 버스터가 된다면 재미있지 않을까 싶지만, 뭐 이건 무리겠지.

리처드 브라우티건의 죽음

19850205 지인의 얘기로는 리처드 브라우티건의 자살이 미국에서는 거의 화제가 되지 않았다고 한다. 〈피플〉은 두 페이지를 할애해서 브라우티건의 죽음을 알렸지만, 그 기사의 내용도 대체로 '미국에서의 평가에 비해 일본에서 고인이 얼마나 인기가 높았는가'에 중점을 두었다. 아마 세상을 생명이 있는 그대로 미니어처 속에 담아두겠다는 정성으로 쓴 그의 정밀한 문장이 분재의 우아함을 이해하는 그 나라 독자에게 먹혔을 것이다, 라고 〈피플〉은 해석했다. 나는 물론 번역가를 잘 만난 탓도 있다고 생각한다. 어쨌든 리처드 브라우티건은 일본인을 좋아했고 일본인은 리처드 브라우티건을 좋아했다.

그러나 그에 비해 미국에서 그의 영락은 눈을 가리고 싶을 정도다. 최신작인 《소 더 윈드 원트 블로우 잇 올 어웨이》는 겨우 일만오천 부 나갔으며 거의 화제도 되지 않았다. 예전에 《미국의 송어낚시》로 이백만 부나 팔았던 작가가 말이다. 나도 후기 브라우티건에게는 별로 열심이지 않았던 표준 독자

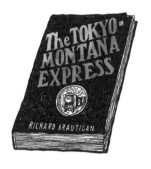

의 한 사람이어서 안타까워 할 자격은 없다고 생각하지만, 이 낙차는 너무나도 심한 것 같다. 확실히 후기의 브라우티건은 초기 작품에서처럼 천마가 하늘을 나는 듯한 상상의 비약은 잃었지만, 그래도 역시 여타의 작가는 흉내낼 수 없는 차분하고 부드럽고 재미가 넘치는 독자적인 세계를 그리고 있기 때문이다. 데뷔 때 인상이 너무 강렬하면 작가는 뒷감당이 힘들어진다. 나 같은 사람은 적당히 팔리니 적당히 즐겁게 지낼 수 있지만. 좋은 건지 나쁜 건지 잘 모르겠군.

브라우티건이 등장한 것은 1960년대 중반, 히피운동이 한창 꽃을 피우던 샌프란시스코에서 그는 순식간에 그곳 보헤미안들 사이에서 핵심 존재로 떠받들어졌다. 그의 자유롭고 순수하며 엉뚱하고 즐거운 사고와 기성 소설의 틀을 낱낱이 해체한 듯한 독특한 해방감은 그 시대의 공기에 참으로 안성맞춤이었다. 그가 샌프란시스코의 거리를 걸으면 사람들은 이내 그에게 모여들었다.

"그건 습격이라고 할 수밖에 없었죠." 그의 친구 중 한 명인 피터 폰더의 부인 베키 폰더는 회상한다. "우리는 모두 그를 경호하며 같이 다녔어요."

리처드 브라우티건의 마음을 가장 괴롭혔던 것은 독자의 감소였어요, 라는 것이 전 매니저의 증언이다.

늦깎이 록가수

작년 미국 메이저리그의 올스타전은 샌프란시스코의 캔들스틱 파크에서 열렸다. 샌프란시스코에서 열린 만큼, 시합 전에 부르는 국가 제창은 휴이 루이스 앤 더 뉴스가 불렀다. 그런데 잘 알려져 있듯 캔들스틱 파크라는 구장은 여름에도 찬바람이 강하게 불어대는 굉장한 곳이다. 그런 구장 한복판에서 아카펠라로 '별이 빛나는 깃발'을 부르니 이게 간단한 일이 아니었다.

"하여간 바람이 어찌나 엄청나던지요" 하고 휴이 루이스는 그때 일을 회고했다. "아카펠라를 하는 것만도 큰일인데, 바람 탓에 소리가 늦게 들리는 겁니다. 우리가 소리를 내면 몇 초 뒤에야 그게 귀에 들리는 상황인 거죠. 그렇게 고생한 적도 없었던 것 같네요. 특히 레지 잭슨과 로드 커류가 눈앞에 있었으니 말이죠."

휴이 루이스라는 사람은 얼굴만 보면 고등학교를 그만두고 트럭 운전사나 하고 있을 것 같은 느낌인데, 실은 동부의 일

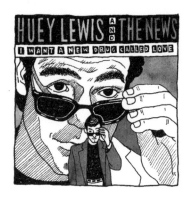

류 프랩스쿨을 나와 코넬 대학을 다닌 열정적인 인텔리다. 사
람을 생긴 것만으로 판단해서는 안 된다.

"그렇지만 대학에 들어가자마자 SDS가 대학을 봉쇄해버려
서 나는 다 합해서 오 분 정도밖에 학교에 가지 않았어요. 그
다음은 방학 같은 것이었죠." SDS란 미국의 전국학생연맹 같
은 것이다. "게다가 하필 내 고향인 샌프란시스코에서는 히피
운동이 폭발적으로 진행되고 있었죠. 나는 그래서 샌프란시
스코로 돌아가 밴드를 하기로 마음먹고 동부를 떠난 거예요."

급진적인 비트세대인 부모 아래 자란 휴이 루이스에게는
아담한 동부의 일류 대학 생활은 성에 맞지 않았는지, 휴일에
는 지저분한 옷을 입고 필라델피아까지 가서 무디 워터스나
주니어 웰스의 무대를 보며 다녔다고 한다.

현재 34세인 그는 담배도 피우지 않고 술도 별로 즐기지 않
고, 육식도 하지 않고 마약도 하지 않으며, 별로 로큰롤 가수
답지 않게 지극히 건전한 생활을 하고 있다. 같은 세대로서

183 이 '늦깎이 로큰롤 가수'에게 개인적으로 계속 응원을 보내고 있었는데, 최근 일본에서도 인기를 얻기 시작한 것 같아 무척 기쁘다.

그렇지만 '아이 원트 어 뉴 드럭'과 '고스트 버스터스'는 정말 들으면 들을수록 비슷하네.

샘 셰퍼드 & 제시카 랭

19850305 얼마 전 〈에스콰이어〉에 제시카 랭과 메릴 스트립 중 누가 더 멋있는가에 대해 두 명의 아가씨가 설전을 벌이는 만화가 실렸다. 열 컷 중 아홉 컷까지 두 사람은 각자 좋아하는 여배우의 훌륭한 점을 늘어놓았는데, 마지막 한 컷에서 제시카 랭 지지파인 아가씨가 "그렇지만 그녀는 샘 셰퍼드와 동거하거든"이라고 하자, 상대는 한마디도 못 하고 "……"가 되어버렸다.

샘 셰퍼드라는 사람은 하여간 뭐라고 해야 좋을지 모르겠다. 현대 미국 최고의 극작가로 퓰리처상을 받았고, 잘생겼고, 배우로서도 절대적인 인기를 자랑하며 거기다 제시카 랭을 애인으로 뒀다. 세상에 이런 일이 있어도 되는 건가 싶지만, 뭐 실제로 그런 사람이 있으니 어쩔 수 없다. 나는 〈천국의 나날〉의 샘 셰퍼드를 무척 좋아한다. 가능하다면 그를 주연으로 〈위대한 개츠비〉를 다시 제작했으면 좋겠다고 생각할 정도다. 레드포드는 아무래도 좀…….

다시 제시카 랭으로 얘기를 돌려서, 그녀는 말할 것도 없이 메릴 스트립과 나란히 현재 미국에서 '가장 존재감 있는 배우'로 높이 평가받는 사람이다. 그녀는 할리우드 시스템의 영화를 싫어해서, 각본 단계에서 대부분 출연 의뢰를 거절한다. 사교계에도 거의 얼굴을 비치지 않고, 화장도 하지 않고, 사진 촬영을 하는 긴 시간 동안에도 거울 한 번 보지 않는다. 그리고 관계없는 얘기지만, 나하고 동갑이다. 나도 사교계에는 얼굴을 비치지 않지만, 그것은 불러주지 않기 때문이다.

그녀는 "〈투씨〉의 영화평은 한 번도 본 적이 없어요"라고 〈배너티페어〉 인터뷰에서 말했다. "그 영화에 출연했던 것조차 잊어버렸을 정도예요. 그런데도 세상 사람들은 나를 〈투씨〉로 오스카상 받은 여배우로밖에 인정해주지 않아요. 미치겠어요."

그녀가 스스로 인정하는 출연작은 〈포스트맨은 벨을 두 번 울린다〉와 〈여배우 프란시스〉와 〈컨트리〉 세 편으로, 〈컨트리〉에서는 샘 셰퍼드와 같이 출연했다. 잭 니콜슨은 "제시카는 뷰익의 피가 섞인 섬세하고 작은 사슴이다"라고 그녀를 평했다. "그녀 앞에 무릎 꿇고 싶지 않은 남자는 없을 것이다."

샘 셰퍼드와 제시카 랭은 현재 미국에서 가장 자극적이고 이상적이고 지적이고 아름다운 커플이 되었다. 일본으로 비유하자면…… 생각나는 사람이 없지만.

자식의 이름을 지으려면

일본에서는 '인디 존스'라는 제목으로 개봉되었지만, 이 영화의 원제는 당연히 'Indiana Jones'다. 나는 잘 모르겠지만, 이름에 지명을 붙이는 것은 미국인에게 독특한 여운이 있는 것 같다.

이름에 주 이름, 거리 이름을 붙이는 것으로 유명한 사람은 존 포드다. 생각나는 것만도 〈아파치의 요새〉의 필라델피아, 〈역마차〉의 댈러스, 〈왜건 마스터〉의 덴버 등 여주인공 이름에 지명이 많다. 어째서인지는 모르겠지만, 아마 그것은 포드가 여성을 '돌아가야 할 땅'으로 생각했기 때문일지도 모른다. '조지아 버지니아 앤드 캐롤라이나'라는 캡 캘러웨이의 노래가 있는데, 이것은 물론 세 명의 여자 이름이다. 〈에스콰이어〉의 '이름을 짓는 법'이라는 특집기사에도 이 주명州名을 단 사람이 등장했다. 이 사람은 유명한 칼럼니스트로 이름이 버몬트 코네티컷 로이스터라고 한다. 미들 네임까지 주명을 넣다니 참 정성이다. 이 로이스터 씨의 증조부는 다른 친척 아이와 구별하기 위해 자식들의 이름에 전부 주 이름을 넣었다고 한다. 개중에는 위스콘신 일리노이 로이스터라는 이름도 있다고 한다.

당연히 이름이 이러면 사람들에게 놀림을 받게 된다. 어린 시절에는 "어이, 매사추세츠"라든가, "야, 로드아일랜드" 하고 제멋대로 불러서 몸서리쳤던 기억 때문에 자기 아이들에게는 아주 평범한 이름을 지어주었다고.

"어린아이에게 이상한 이름은 아주 무거운 짐이 됩니다"라고 그는 말한다.

작가 존 그레고리 던과 존 디디언 부부는 양녀의 이름에 퀸티아나 루우라는 멕시코 지명을 붙였다. 다행히 이쪽은 딸도 몹시 마음에 들어한다고 한다. 애칭은 'Q.루우'.

내 경우, 태어난 곳을 따지자면 '무라카미 효고'가 된다. 뭔가 〈3인의 사무라이〉 같은 느낌이다. 내 주위에도 최근에는 세련된 이름을 가진 아이들이 많지만, 지명을 붙인 예는 아직

189 없다. 출산이 임박하신 분은 지도책을 한번 훑어보는 건 어떨지?

윈드햄 힐 이야기

19850405 〈에스콰이어〉는 '신세대의 기수들'이라는 특집을 기획하여—어딘가에서 들은 적 있는 제목이다—각계에서 활동하는 40세 이하의 재능 있는 사람들을 쭉 열거해놓았는데, 윈드햄 힐 레코드의 창립자인 윌리엄 애커먼도 그중 한 사람으로 이름이 거론되었다.

나도 윈드햄 힐 레코드는 몇 장 갖고 있고 종종 듣는다. 열렬한 애호가는 아니지만, 원고 쓸 때 BGM으로 틀어놓으면 마음이 편안해진다. 강한 고집이 없고 소리가 깨끗해서 이리로 와서 저리로 빠져나가는 느낌에 호감이 간다. 아침식사 때 틀어놓기도 한다.

윈드햄 힐 레코드의 팬 중에는 예전에 카운터컬처를 경험한 삼십대들이 많은 것 같다. 〈에스콰이어〉에 따르면 '청춘시절에 채워지지 못한 마음을 달래고자 하는 중년기의 생리적 요구에 부응하는 음악'이라고 하던데, 듣고 보니 그런 것 같기도 하네 싶다. 나는 최근 음악 취향이 점점 혼란스러워져서

1960년대 전반의 오넷 콜맨에 빠지기도 하고, 브람스의 실내악에 빠지기도 하고, 휴이 루이스를 날마다 듣기도 해서, 나 자신도 뭐가 뭔지 잘 모르겠지만, 이것 역시 청춘시절에 채워지지 못한 마음일지도 모르겠다.

애커먼은 보육원에서 자라 9세 때 양부모에게 입양되었다. 스탠퍼드 대학에 다녔지만 자퇴하고, 기타와 목공 일을 더 좋아한 나머지 전자를 취미로 하고 후자를 일단 직업으로 삼은 전형적인 1960년대 젊은이(식스티스 키즈)다. 1975년에 그는 친구를 꼬여 자비 레코드를 냈는데 평판은 예상 이상이었다.

애커먼은 "거창스러운 사운드는 연주자와 듣는 이의 소통을 파괴한다"라고 말한다. "우리는 상업적인 일은 하고 싶지 않다. 나와 아내는 세 끼 잘 먹고 잘 살고 있고, 10달러짜리 와인도 마시고, 큰 집에도 살고 있다. 나는 목공 일을 하고 아내도 책방을 한다. 우리는 좋은 음악을 만들고 싶다는 순수한 목적으로 이 일을 하고 있다. 나는 그런 순수한 마음이 사람들에게 전해진 거라 생각한다."

　이렇게 되면 "어, 지금 서기 몇 년이지? 피스!" 하는 기분이 들지만 사람들은 그의 그런 자세를 높이 샀고, 조지 윈스턴의 음반 〈가을Autumn〉은 미국에서만 무려 오십만 장이 팔렸다. 제작비는 단돈 1,720달러였다. 〈에스콰이어〉는 '얼어붙은 1970년대를 견뎌낸 1960년대의 홀씨가 1980년대에 드디어 얼굴을 내밀었다'라고 전했다.

아널드 슈워제네거

1985.04.20 간신히 장편소설 한 편을 끝내고 이 주 동안 죽도록 영화를 보았다. 올봄에는 〈사구〉〈2010년 우주여행〉〈테러리스트〉〈터미네이터〉〈네버엔딩 스토리〉등 상당히 좋은 작품이 많다. 다만 내가 생각하기에 〈네버엔딩 스토리〉같이 부모가 아이들과 같이 즐길 수 있는 작품은 '끝없는 이야기'라고 제목을 다는 것이 친절하지 않을까 싶다. 긴 영어 제목은 어린아이들이 제대로 기억하지 못할 텐데.

나는 〈코난-바바리안〉의 팬이기도 해서 아널드 슈워제네거가 주연한 〈터미네이터〉가 비교적 좋았다. 〈블레이드 러너〉와 〈에일리언〉과 〈크리스틴〉을 합쳐놓은 듯한 긴장감 넘치는 영화는 미국에서는 육 주 연속 관객동원 1위를 기록하여 업계 사람들을 놀라게 했다. 독특한 독일어 억양의 덩치 큰 남자가 주인공인 영화가 크게 히트하다니 아무도 상상하지 못했던 것이다.

슈워제네거는 1947년에 오스트리아에서 태어나, 고등학교

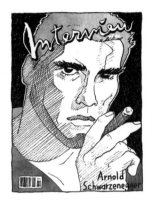

를 졸업한 후 미국으로 건너가 1975년까지 미스터 유니버스 타이틀 네 번, 미스터 월드 한 번, 미스터 올림피아 여섯 번 등의 경이로운 기록의 소유자다. 그리고 피트니스에 관해 세 권의 책을 써서 베스트셀러가 되었고, 현재는 부동산업자로도 성공했다. 부동산 회사 외에 프로덕션도 갖고 있고, CBS와 ABC의 스포츠 해설을 맡고 있다. 쉽게 말해 엄청난 부자로, 영화에 출연하는 것은 어디까지나 취미라고 한다. 굉장하다. 〈롤링스톤〉과 인터뷰에서 그는 이 영화의 성공 원인은 자신이 악역을 맡아서라고 꼽았다. 감독인 제임스 캐머런은 〈코난-바바리안〉에서 보여준 영웅 이미지를 깨기 위해, 영화 속에서 슈워제네거에게 악역의 끝을 연기하도록 주문했다고 하는데, 이 악의 분출이 확실히 영화의 핵심이 되어, 보고 있으면 신음이 절로 나온다. 악에 비하면 선 쪽이 훨씬 그림자가 옅다. 스니크 프리뷰복면시사회에서도 관객 대부분은 악역인 슈워제네거 쪽에 감정이입해서 "그래, 아널드. 죽여버려!" 하고 소리쳤다고 한다. 어쨌든 희한한 영화다.

영화 첫 부분에서 슈워제네거의 전라 장면이 있는데, 예의 국부는 슬쩍 지워져 있다. 그런 건 보고 싶기도 하고 안 보고 싶기도 하고…….

영화와 팝콘

19850520 영화 하면 어둠 속에서 먹는 팝콘이라는 것이 미국의 상식이었는데, 비디오덱VCR이 보급되면서 그런 광경도 점점 달라지고 있다고 〈뉴욕타임스〉는 전하고 있다. 사람들은 일부러 영화관에 가는 대신 집에서 편안하게 최신 영화를 보며 주말을 보내게 되었다. 가장 큰 이유는 뭐니 뭐니 해도 경제적인 문제다.

부부가 영화관에 가면 요금이 한 사람당 5달러, 팝콘이 1달러 50센트, 거기다 어린아이가 있으면 베이비시터 비용도 든다. 그에 비해 비디오 대여료는 한 편에 약 3달러. 차이가 확연하다. "팝콘도 직접 만들면 싸요" 하고 어느 주부는 말한다.

밖에 나가는 게 귀찮은 것도 있다. "뉴욕의 겨울은 너무 추워요. 그럴 때는 비디오 두세 개 빌려다놓고 팝콘을 잔뜩 만들죠"라는 사람도 있다. 이렇게 보면 미국인은 영화와 팝콘의 상관관계에 대해 조건반사에 가까운 확신을 갖고 사는 것 같다. 나는 영화를 보면서 전갱이 누름초밥 먹는 걸 좋아하지만.

　　이런 경향에 대해 극장 측의 관측은 둘로 나뉜다. 낙관파는 "미국인은 하여간 커다란 스크린으로 영화 보는 걸 좋아하고, 젊은이들은 어두운 분위기를 찾아 영화관으로 데이트를 온다"라고 하고, 비관파는 "번화가이니 치안 문제도 있고, 이대로라면 요금도 올릴 수 없고"라며 투덜거린다. 그러나 어쨌든 VCR의 보급이 전후 TV쇼크 이후 영화계에 처음 닥친 중대 문제라는 점에서 양측의 의견은 일치한다.

　　우리 이웃에도 비디오대여점이 있어서 나도 일주일에 한두 편 빌려다 본다. 나처럼 지방도시에 살면, 도쿄에 가는 것이 정말로 귀찮아서 이런 시스템은 아주 감사하다. 술을 마시기도 하고, 팔굽혀펴기도 하고, 고양이와 놀기도 하면서 영화를 볼 수 있다. 그러나 비디오 영화라는 건 혼자 보면 재미가 하나도 없다. 옆에 누가 있어서 이건 어떻고 저건 어떻고 말하면서 보면 재미있지만, 혼자 조용히 보고 있으면 기분이 점점 가라앉아서 영화관에 가고 싶어진다. 희한하다.

최악의 도시

19850605 실제로 읽은 적은 없지만, 미국에는 《Place Rating Almanac》이라는 연감이 있다. 이것은 미국의 토지와 도시의 순위를 매긴 것이다. 이 중에 '대도시권 가운데 살고 싶은 도시' 순위가 있는데, 1위가 피츠버그이고 329위(즉 꼴찌)는 캘리포니아 주의 새크라멘토 밸리에 있는 유바 시라고 나와 있다.

이런 순위를 매기는 근거가 된 것은 기후와 지형, 주택사정, 의료시설, 환경, 범죄발생률, 교육시설, 문화·후생시설, 재정상태 등의 요소인데, 유바 시는 각 항목 순위가 상당히 낮다는 것이 출판사 랜드맥널리사의 주장이다.

그러나 유바 시에 살고 있는 이만 명의 시민은 인정하지 않았다. 그들은 이 비옥하고 평화롭고 온화한 마을에서 꽤 즐겁게 살고 있기 때문이다. 의료시설이 적다고 해도, 자택 방문 호스피스 제도가 제대로 확립되어 있고, 구급 헬리콥터로 환자를 근교의 큰 병원까지 나를 수 있다. 범죄가 다발한다고 해도 대부분은 차고에서 목공도구를 도둑맞는 정도이지, 날 치기나 폭력범죄는 한 건도 없다. 후생시설은 없지만, 강에서 는 송어가 잡히고, 들새 사냥의 본거지이기도 하다. 학교 수 는 적지만, SAT 대학진학적성시험 평균 점수는 전국에서 손꼽힌다. 이 도시의 어디가 문제인가? 숫자만으로 판단하지 않고 실제 로 와서 눈으로 직접 보라, 하는 것이 그들의 주장이다.

그러나 유바 시 시민들은 화를 내면서도 자신들이 최악의 마을에 사는 상황을 꽤 즐기고 있다. 시장은 "I Survived Yuba City & Loved It!"(나는 유바 시에서 살아남았고, 정말로 이 도시를 사랑한다)라고 적힌 티셔츠를 입고 애쓰고 있으며, 차에는 '랜 드맥널리, 내 지도에 키스하라'(이것은 지도atlas와 엉덩이ass 로 말장난한 것이다)라는 스티커를 붙이고, 레스토랑에는 '최 악의 도시의 최고의 레스토랑'이라는 간판을 내걸었다.

이런 기사를 읽으니 나도 점점 유바 시에 가보고 싶어지니 이상하지. 같은 처지에 있었더라면 일본인은 이렇게까지 초

연하지 못할 것이다. '야마모토 마스히로요리연구가에게 욕먹은
집'이라는 간판을 내건 레스토랑이 있다면 오히려 더 들어가
보고 싶은 마음이 들지만 말이다.

사설 교도소

'사설 교도소'라는 말만 들어도 괜히 가슴이 덜컹하지만, 미국에서는 사기업으로서 교도소가 현실에 등장하게 되었다. 이런 상황이 된 가장 큰 원인은 뭐니 뭐니 해도 수감자 수가 증가한 것이다. 현재 미국 교도소에서 복역하는 죄수의 수는 육십육만 명, 이것은 십 년 전에 비하면 두 배에 달하는 숫자다. 그러나 거기에 비해 교도소 수는 그리 늘지 않아서, 어느 교도소나 초만원으로 자칫하면 형기가 남았어도 일단 석방시켜야 할 형편이다.

거기다 죄수를 부양하는 비용도 무시하지 못한다. 죄수 한 명당 연간 경비는 전국 평균 14,400달러다(주별로 보면 가장 적은 곳이 텍사스로 평균 6,951달러, 가장 비싼 곳은 알래스카로 36,439달러로 되어 있는데, 대체 어째서 이렇게 차이나는지는 명확하지 않음). 전문가는 이런 식으로 나가면 앞으로 십 년 동안 교도소 시설을 보충하는 데만 약 70억 달러가 소요된다고 추정한다. 주 정부 입장에서 보면 이것은 정말로 골치 아픈 문제다.

그래서 민간기업이 영리기업체로서 교도소 경영에 나선 것이다. 사설 교도소의 이점은 관영 교도소(라고 하는 것도 뭔가 이상하지만)보다 상당히 경비가 적게 든다는 데 있다. 어느 나라나 그렇지만, 관영보다는 민간기업 쪽이 훨씬 기업 운영에 노력을 기울이고, 직원 연금이나 퇴직금도 공무원보다 훨씬 낮기 때문에 그런 점에서는 확실히 합리적이다. 예를 들면 관영 교도소를 건설하는 데 칠팔 년이 걸리면 민영 쪽은 일 년에 끝내버리니 이건 대단하다.

사설 교도소란 원리적으로는 감방이 딸린 공장을 일컫는데, 죄수들은 자신의 노동에 해당하는 급료를 받아 그 돈으로 시설비를 내고 나머지는 가족에게 송금하거나 피해자 보상금으로 쓸 수 있다. 기술을 습득할 수도 있다. 들어보면 그럴듯하기도 하지만, 그래도 어딘가 석연치 않다. 주에서 복역자를 민간기업에 대여하고, 기업이 그들을 이용하여 영리를 추구

203 하는 형태인데, 아무리 개혁을 위해서라고 해도 사회적 윤리 면에서 상당히 부자연스럽다. 민간기업의 경비원이 무장하고 경비를 서며 필요하면 사살도 한다는 것 역시 아무래도 끔찍하다.

그러나 법무당국자는 "은행경비원도 총을 들고 있습니다, 그런 건 상관없습니다"라고 말한다. 상관없는 걸까.

뉴욕 조크

19850705 미국 영화를 보면 흔히 스탠딩개그(일본식으로 말하자면 **만담**)가 나오는데, 내 어학실력으로는 그 재미를 거의 이해하지 못한다. 주위 사람들이 배꼽을 잡고 뒹구는데 나만 그 웃음을 이해하지 못해 어쩔 줄 몰라 하는 것은 좀 괴로운 일이다.

그러나 말을 알아듣는다고 스탠딩개그의 재미를 완전히 아는가 하면, 그런 것도 아니다. 뉴욕에는 뉴욕 조크가 있고, 할리우드에는 할리우드 조크가 있는데, 이 두 가지는 성립과정이 한참 다르다. 할리우드 사람들은 뉴욕 조크를 신경질적이라 생각하고, 뉴욕 사람들은 할리우드 조크를 '느슨하다laid back'고 생각한다. 그래서 뉴요커 이외의 사람이 뉴욕 조크를 들으면 전혀 웃기지 않는다고 하는 경우도 자주 있다.

뉴요커가 뉴욕 유머로 인정하는 것은 그루초 막스, 우디 앨런, 레니 브루스, 멜 브룩스, 길다 래드너 같은 사람들로, 밥 호프나 제리 루이스, 빌 코스비, 레드 스켈튼은 ×다. 뉴욕 조

크에 필요한 것은 첫째도 둘째도 스피드로, 칼로 베기 전에 칼날을 보이면 너무 늦은 것이다.

어느 심리학자는 뉴욕 유머란 뉴욕 시티에서 살아남기 위한 필수품이라고 지적한다. 그리고 그 유머는 도시 자체와 마찬가지로 빠르고 예리하고 독을 품고 있어야만 한다고. 그 유머를 지탱하는 것은 불안이며 스트레스이며 긴장이다.

어느 코미디언은 이렇게 말했다. "LA 관객은 '이야, 이거 재미있네' 하는 느낌으로 웃어요. 그러나 뉴욕 관객은 달라요. 그들은 비눗방울이 터지는 것처럼 웃죠." 대부분의 뉴요커는 자신이 insider가 되고 싶어하며, outsider로 남겨지는 것에 공포를 느낀다. 그러므로 시원시원한 유머를 듣고 실시간으로 웃을 수 있다는 것은 그들에게 빼놓을 수 없는 자기 확인 행위이며, 그런 긴장을 강요하지 않는 laid back한 유머는 환영하지 않는다.

거기에 비해 요즘 도쿄에는 도쿄 인사이더를 위한 진짜 인

사이드한 웃음이 좀 부족하다는 생각이 든다. 그런 의미에서
오사카 사람의 웃음이 훨씬 인사이드하다. 그것은 아마 도쿄
라는 도시가 너무나도 '전국구'가 돼버렸기 때문이라고 생각
한다.

샐럽 워칭

샐럽 워칭이란 문자 그대로 유명인을 바라보는 것이다. 기본 규칙은 버드 워칭과 마찬가지로 '바라보는 것은 아무래도 좋지만, 만져서는 안 된다'는 것이다.

뉴욕에서 샐럽 워칭을 하는 가장 빠른 방법은—이것은 도쿄에서도 마찬가지라고 생각하지만— 유명인이 모이는 가게에 가는 것이다. 그리고 바에서 홀짝이면서 테이블석을 둘러보면 된다. 〈뉴욕타임스〉 일요판은 그런 가게로, '러시안 티룸' '일레인스' '모티머스' 세 군데를 소개했다.

'티룸'에 오는 유명인은 쇼와 관련된 사람이 많다. 예를 들자면 메릴 스트립, 더스틴 호프먼, 아서 밀러, 레너드 번스타인, 코치 시장, 다이애너 로스(이하 다 적지 못함) 등이다. 로드 슈타이거와 우디 앨런은 절대로 모자를 벗지 않아서 눈에 잘 띈다. '티룸'에서 지금까지 가장 많은 주목을 받은 유명인은 재클린 케네디 오나시스와 엘리자베스 테일러라고 한다.

'일레인스'도 손님층이 화려하기로는 '티룸'에 뒤지지 않는

다. 유명하지 않은 사람을 찾는 것이 어렵다고 할 정도다. 이 가게의 단골손님으로는 윌리엄 스타이런, 마리오 푸조, 조지 프 헬러, 앤디 워홀, 장 피에르 랑팔, 로버트 알트먼, 알버트 피니 등이 있다. 이 가게 손님은 웬만하면 유명인을 봐도 놀라지 않으며 대개 본 척 만 척한다. 단 믹 재거가 왔을 때만은 달라서 가게 안이 물을 끼얹은 듯이 고요해졌다고 한다.

'모티머스'는 앞에서 얘기한 두 곳보다 훨씬 시크한 가게로, 이곳에 오는 유명인 역시 시크한 사람들이다. 이를테면 오스카 드 라 렌타, 블라디미르 호로비츠 등등. 이 가게 손님은 어떤 유명인이 오더라도 절대 예의 쿨함을 잃지 않는다. 그래서 너무 빤히 보고 있으면 지배인maitre'd에게 주의를 받는다. 술을 마시면서 조심스러운 시선으로 두세 번 슬쩍 보는 정도가 바람직하다 — 고 한다. 아주 어려울 것 같다.

참고로 '티룸' 주인 말로는 유명인은 다른 유명인을 보는 것을 아주 좋아한다고 한다. 하하하.

도쿄 커피숍

세계에서 커피가 가장 맛있는 도시는 어디일까? 그렇다, 물론 도쿄다. 얼마 전 〈뉴욕타임스〉 일요판도 '도쿄의 커피가 얼마나 맛있는지'에 관해 무려 한 페이지를 할애하여 역설했다.

"(도쿄의) 커피숍에서 나오는 커피의 수준은 '참으로 맛있다'에서 '완벽하게 맛있다'까지의 범위에 있다"라고 필자는 쓰고 있다. "무엇보다 놀라운 것은 전반적으로 수준이 높다는 점이다. 당신은 커피숍 입구에 서서 과연 이곳의 커피는 맛있을까 고민할 필요가 전혀 없다. 어느 집 커피든 전부 맛있다. 나는 도쿄에서 커피를 마시고 실망한 적이 한 번도 없다."

이렇게까지 단언하니 오히려 고개를 갸웃거리게 되지만(지독한 커피가 나오는 가게도 있는데), 그러나 평균점을 매기자면 도쿄의 커피가 유럽이나 미국의 각 도시에 비해 압도적으로 수준이 높은 것은 틀림없을 것이다. 이 기사는 상당히 재미있는데 계속 인용해보겠다.

"커피는 언제나 '기다리셨죠' 하는 인사와 함께 도착한다. 이것은 'I have kept you waiting'이라는 뜻이다. 뭐 육 분 넘게 기다렸으니 그렇긴 하다. 컵 손잡이는 언제나 당신의 왼쪽을 향해 놓인다. 이것은 오른손으로 스푼을 들어 커피를 저을 때 방해가 되지 않게 하도록."

"가게 규모는 진지한 커피숍이면 상당히 작고, 친밀한 분위기다. 제일 먼저 냉수와 물수건rolled-up moist towel이 나온다. 물수건은 겨울에는 따뜻하고 여름에는 차갑다. 그리고 당신이 메뉴를 보고 콩 종류와 로스트를 결정할 때까지 잠시 틈이 생긴다."

흠흠, 아주 정확한 묘사다. 〈뉴욕타임스〉가 추천하는 도쿄의 우량 커피숍은 요요기의 '톰스', 신주쿠의 '고히야', 아오야마의 '다이보(이곳 커피는 나도 좋아한다)'라는 곳이다. 나도 커피를 아주 좋아해서 곧잘 커피숍에 가는데, 도쿄의 커피 전문점에서 내놓는 커피는 대체로 질이 높다고 생각한다. 그런

데 그런 것만 마시다보면 이따금 별로 훌륭하지 않은, 옅은 흙탕물 같은 커피가 마구 그리워져서, '미스터 도넛'에 뛰어들어가 라지 사이즈 두 잔 정도를 벌컥벌컥 마시게 된다. 이 기사를 쓴 사람은 주 라오스 영국대사 출신의 미식가인 앨런 데이비슨이라는 사람인데, 아주 평범한 미국인의 감상도 한번 들어보고 싶다.

브라이언 페리 vs 믹 재거

19850820 제리 홀은 믹 재거가 브라이언 페리한테 빼앗은 일로 유명한 톱 모델인데, 제리 홀의 회고록 같은 긴 수기가 〈배너티페어〉에 실렸다. 수기라고 해도 그녀가 직접 쓴 건 아니고 그녀의 구술을 작가가 정리한 것이지만, 같은 방법으로(아마) 만든 일본의 스타 회고록에 비하면 그녀의 말투가 생생하게 표현되어 아주 재미있게 읽힌다.

제리는 텍사스 주 메스키트라는 시골에서 태어나, '세련'과는 거리가 먼 껑충한 키의 시골처녀로 자랐다. 그런데 어느 날, 행운의 별이 제리 홀의 머리 위에서 반짝였다. 교통사고로 가벼운 부상을 입었는데, 병원에서 그녀에게 페니실린 알레르기가 있는 것을 확인하지 않고 페니실린을 투여한 것이다. 덕분에 제리는 800달러의 보상금을 받아 그 돈을 가지고 파리로 날아갈 수 있었다. 인생이란 모르는 것이다.

행운은 계속 이어졌다. 칸의 해안에서 수영하던 제리는 모델로 스카우트되었다. 게다가 어머니가 그녀를 위해 만들어

준 '텍사스에서는 세련된' 드레스가 파리에서는 '시골스러운 풋풋함'으로 주목받아, 마침내 〈보그〉 표지를 장식하기에 이른다. 그리고 그 사진을 보고 그녀를 재킷 모델로 쓰고 싶다고 생각한 '록시뮤직'의 브라이언 페리와 사랑이 싹터 약혼까지 이르게 된다. 이렇게 되면 완벽한 할리퀸 로맨스다.

그런데 브라이언 페리라는 사람은 지극히 섬세하고 내성적인 사람으로, 그녀는 처음에는 그의 그런 면에 빠져 존경도 했지만 머잖아 싫증을 내게 된다. 그때 나타난 것이 페리와는 완전히 스타일이 다른 믹 재거로—이런 일도 흔히 있는 얘기지만—제리는 어느 날 밤 뉴욕에서 믹 재거의 유혹에 넘어간다. 브라이언 페리가 일본으로 공연 갔을 때의 일이다.

이 수기의 압권은 뭐니 뭐니 해도 믹 재거의 끈질기고 강한 유혹이다. "집까지 데려다 줄게" "잠깐 안에 들어가 차 한 잔 줘" "괜찮잖아" 하는 간단하면서 원시적인 방법으로 꾸역꾸역 밀고 들어와, 결국에는 친구의 약혼자인 이 아름다운 톱 모델

을 차지한다. 그후 팔 년, 두 사람은 행복한 결혼생활을 하고
있다고 한다.

"일 년 가면 기적이라고 생각했었는데"라고 제리 홀은 얘기
한다.

(편집자 주: 그리고 일 년 후, 두 사람은 구 년간의 결혼생활을 마치
고 이혼했다)

콜라전쟁

지금 미국에서는 격렬한 콜라전쟁이 벌어지고 있다. TV나 라디오에서는 끊임없이 라이어넬 리치가 부르는 펩시의 광고 노래가 흐르고, 코카콜라 측은 맛을 새롭게 한 'New Coke'로 공세를 가하고 있다. 나는 콜라를 그다지 즐겨 마시는 편은 아니어서, 펩시든 코카콜라든 올드든 뉴든 별 차이를 느끼지 못하지만, 일반 미국인에게 이것은 상당히 중요한 문제인 것 같다.

〈볼티모어 선〉의 로브 캐스퍼라는 사람은 "이것은 개인적인 편견으로 가득한 결론이지만"이라는 전제를 달고, 각종 콜라의 시음 결과를 공표했다. 테스트 방법은 지극히 간단하다. 일단 여섯 개의 컵을 준비한다. 테스트할 콜라는 ①펩시 ②올드 코카콜라 ③뉴 코카콜라 세 종류로, 똑같이 차갑게 해둔다. 세 개의 컵에는 땅콩을 넣고 나머지 컵에는 아무것도 넣지 않는다. 어째서 콜라에 땅콩을 넣는가 하면 미국 아이들은 땅콩이 들어간 콜라를 곧잘 마시기 때문이라고 한다. 콜라를

그렇게 마시는 법이 있다니 나는 지금까지 전혀 몰랐다. 다음에 기회가 있다면 꼭 시험해보고 싶다.

　캐스퍼 씨의 결론을 여기 소개하자면, 먼저 땅콩이 없는 경우에는 ①펩시와 ②올드 코카콜라가 우열을 가리지 못하고 공동 1위, ③뉴 코카콜라는 거기에 비해 조금 떨어진다. 땅콩이 들어간 부문에서는 ①펩시는 ②올드 코카콜라를 제치고 단독 1위, 땅콩이 들어간 ③뉴 코카콜라는 '한마디로 형편없다'라고 요약되었다. "개나 줘버리고 싶다"라고 표현할 정도이니, 맛이 어지간한 모양이다. 뉴 코카콜라의 평판은 대체로 좋지 않았다.

　캐스퍼 씨에 따르면 코카콜라는 원래 펩시보다 단맛이 강했는데, 뉴 코카콜라는 그런 경향이 한층 강해서 탄산의 톡 쏘는 맛을 잃었다고 한다. 그런데 펩시 측은 외려 뉴 코카콜라가 펩시 맛에 가깝다고 하는 성명을 발표했다. 어느 쪽이 옳은지 나는 도저히 판단하지 못할 것 같다.

217 　 다만 한 가지 말할 수 있는 것은 올드 코카콜라를 손에 넣을 수 없는 한 코카콜라에는 땅콩을 넣지 않는 쪽이 현명하다는 것이다. 땅콩을 넣어 마시는 걸 좋아하는 사람들은 충분히 주의해주세요.

짐 르페브르

19850920 일본 프로야구에서 활약한 외국인 선수의 회고담에는 대체로 기본적인 유형이 있다. 그들 대부분은 "일본 프로야구는 지나치게 관리하다보니 그만큼 속도감이 부족하다. 개인의 능력도 발휘하기 어렵다. 몇 가지 적용하기 어려운 기묘한 습관도 있다"고 밝힌다.

예전에 롯데 오리온스에서 활약했던 짐 르페브르(43세)도 그런 한 사람인데, 그는 "나는 일본에서의 경험을 무엇과도 바꾸고 싶지 않다"라고 〈호놀룰루 스타불러틴〉의 기자에게 말했다. 어째서 르페브르가 호놀룰루에 있는가 하면, 피닉스 자이언츠의 감독으로 뉴욕 아이랜더스와의 경기를 위해 하와이로 전지훈련을 온 터였다.

"나는 일본인을 진심으로 존경한다"라고 르페브르는 말을 이었다. "그들은 참으로 근면하고 조직적인 사람들이다. 그들이 성공을 거둔 것은 당연하다. 내 지도방식 가운데는 일본에서 배운 것도 많이 도입했다."

5 *Jim Lefebvre*
Coach

참고로 르페브르가 이끄는 피닉스 자이언츠는 현재 3A의 수위에 올라 있다. 데이브 레시츠조차 "르페브르의 지도를 받고 싶다"고 자청하여 마이너로 내려왔을 정도이니, 감독으로서의 수완은 상당한 평가를 받는 것 같다.

다만 르페브르 씨에게도 일본에서 여러 가지로 곤혹스러웠던 일은 있었다. "일사 만루에서 내가 타석에 서면 감독이 뛰어와서 '어이, 짐, 병살당하느니 삼진으로 죽지'라고 했다. 그래서 나는 어이가 없어서 '나는 명령을 받고 삼진당하진 않아요'라고 대꾸했다. 그러자 감독은 '노력해ᴛʀʏ'라고 했다. 결국 화가 나서—일부러는 아니고—삼진당해버렸지만."

그리고 일본 프로야구의 과격한 훈련이 다른 많은 외국인 선수들도 그랬듯 르페브르도 골칫거리였다. "나는 몸 상태가 최고일 때 일본에 갔지만, 그래도 상당히 지쳤다. 그건 연습이라기보다는 체력테스트였다. 내용의 밀도보다는 얼마나 오래하는가, 몇 회를 하는가 쪽이 그들에게는 중요했다. 하여간 아침 7시부터 밤 10시 반까지 밤낮도 없고 휴일도 없이 육 주 동안이나 한다. 그런 훈련은 집중력이 떨어져서 효과가 없다고 생각하지만 말이다. 하지만 일본에서의 활동은 내게 참 값진 경험이었다. 일본인도 좋고 아주 즐거웠다. 언젠가 다시 일본으로 돌아가고 싶다."

일본계가 많은 하와이에서의 인터뷰라는 것을 감안하더라도 짐 르페브르는 상당히 친일파 같다.

운석(미티어) 사냥꾼

세상에는 참으로 다양한 직업이 있다. 그중 몇 가지는 우리의 상상력을 훨씬 초월한 지평에서 이루어지는 것 같다.

예를 들면 애리조나 주 투손에 사는 로버트 하그라는 28세의 남자는 운석 수집을 업으로 삼고 있다. 그는 사하라 사막에서 뉴기니의 산골까지 돌아다니며, 산적을 만나기도 하고 사태에 휘말리기도 하면서 운석을 찾아다닌다.

그는 지난 오 년 동안에 열다섯 가지 운석의 천 개 넘는 조각을 발견했는데, 그 하나하나의 가격은 최저 '공짜나 마찬가지'에서부터 최고 4,000달러까지 다양하다. 그런 운석은 박물관이나 고다드 우주비행센터나 국방부에서 사들인다. 그래서 '운석 사냥꾼'이 직업으로서 충분히 성립하는 것이다.

하그 씨는 마니아적인 직업을 가진 많은 사람들이 그러하듯이, 결코 영리 추구만을 위해 시간을 보내는 건 아니다. 그는 운석을 타인에게 팔 뿐만 아니라, 수집가로서 자택에 10만 달러 이상의 가치가 있는 운석 컬렉션을 소유하고 있다.

그는 "운석 하나에 5,000달러를 주고 산 적도 있다"라고 말한다. "1그램당 30달러니, 이건 금보다 비싸다." 운석의 가치를 결정하는 유일한 팩트는 크기다. 크면 클수록 가격이 올라간다.

하그 씨가 이런 직업을 갖게 된 것은 열세 살 때 부모와 함께 멕시코를 여행하다가 그곳에서 거대한 유성을 본 일이 계기였다. 그 불덩이는 하늘을 찢으며 대지에 격돌했다. 그후 그는 운석이라는 존재에 심취한 것이다. 그는 지금 자신의 직업을 '우주부동산업'이라 부르고 있다.

운석에 관해 많은 사람들이 착각하는 것 중 한 가지는 그 온도다. 지상에 막 떨어진 운석은 뜨겁고 연기가 풀풀 날 거라고 생각하기 쉬운데, 실제 그것은 아주 차갑다. 어쨌든 그것은 몇백만 년 동안 영하 200도에서 냉동되었던 것이니, 그렇게 쉽게 뜨거워지거나 하진 않는다. "차가워서 손을 댈 수

더
스크랩

223 없을지도 몰라요"라고 그는 말한다. 이런 기사를 읽으면 세상은 참 다양한 일로 가득 차 있구나 싶어 정말 감탄스럽다.

에릭 시걸을 얘기하다

19851020 에릭·'러브스토리'·시걸은 요전에 《더 클래스》라는 장편소설을 출판했지만, 시걸의 대부분 책이 그렇듯이 서평은 별로 듣기 좋은 소리가 아니었다.

"지금까지 한 번도 좋은 서평을 본 적이 없어요"라고 그는 낙담한 모습으로 인터뷰에 응했다. 책이 베스트셀러가 되고 TV프로듀서들이 판권 쟁탈전을 펼치고 있는데도 말이다. 그는 비평으로 두들겨 맞은 것에 대해 "유감이다I'm sorry"라고 얘기한다. 동업자로서는 딱하다I'm sorry 싶지만, 동시에 후회하지 않는 것never say I'm sorry도 작가에게 요구되는 능력 중 하나라고 생각한다.

"아내는 이 책을 마음에 들어해서, '만약 세상에 정의가 있다면 분명 좋은 평이 나올 거예요'라고 하더군요. 하지만 나는 그랬죠, 세상에 정의란 건 없다. 만약 내가 운이 좋다면 사람들이 이 책을 좋아해주겠지'라고. 사실 그렇게 되었고 나는 그것(돈과 명성)만 챙겨 달아나버리면, 뭐." 그러나 말과는 달

리 그가 원하는 것은 돈도 명성도 아니다. 돈과 명성이라면 그는 이미 가졌다. 시걸이 원했던 것은 경의다.

"나는 내가 대작가라고 생각하지 않아요"라고 말한다. "그러나 말도 안 되는 비평은 참을 수 없어요. 적어도 나는 유능한 작가이며, 그 사실은 제대로 인정받고 싶군요."

요컨대 그는 대학교수로서 경의를 받는 것처럼 소설가로서도 존경받고 싶은 것이다. 그러나 명성과 돈과 경의를 동시에 손에 넣는다는 것은 — 누가 생각해도 알 수 있듯이 — 아주 어려운 일이다. 그중 두 가지를 손에 넣었다면 그것만으로도 이미 만만세가 아닌가, 나는 생각한다.

하지만 에릭 시걸 씨는 그렇게 생각하지 않는 것 같다. 항상 경의를 받는 데 익숙한 사람들은 자신에게 경의를 표하지 않는 데에 신경질적이 되는 경향이 있는 것 같다. 딴 얘기지만 《러브스토리》가 출간되었을 때의 소동을 시걸은 아직 또렷이 기억한다.

"내가 '투데이쇼' 인터뷰에 출연했을 때, 바바라 월터스는 몹시 흥분한 것 같았어요. 그녀는 인터뷰 같은 건 거의 하지 않고, 카메라를 향해 이렇게 말했죠. '이 젊은이가 대단한 책을 썼습니다. 여러분, 지금 당장 서점에 가 사서 보세요'라고. 그날 밤 자정까지 《러브스토리》는 전국에서 단 한 권도 남지 않고 다 팔려버렸죠."

한 번이라도 좋으니 그런 경험 해보고 싶네.

미식가 아이스크림

가을에 아이스크림 얘길 하는 건 좀 그렇지만, 아이스크림 산업은 지금 세계적으로 호황이다. 소비량도 늘었고, 품질도 기존에 비하면 비교도 안 될 정도로 고급화되었다. 청바지가 디자이너 브랜드에 의해 고급화한 것과 마찬가지로, 아이스크림이 아이들의 저가 간식이었던 시절은 어느새 끝나버렸다. 미국에서도 지금은 싱글콘 아이스크림을 사먹는 데 최소한 1달러는 드는 시대다. 이런 상황에서 최고급 구르메 아이스크림을 추구하며 그 시장을 지탱하고 있는 것은 이른바 여피족이다. 연령층을 보면 25세부터 45세까지의 비교적 생활에 여유가 있는 의식 있는 화이트칼라족이다.

"그 수요란 게 엄청납니다. 전도양양한 시장이죠"라고 아이스크림 체인점 주인은 말한다. "그러나 문제점은 해를 거듭할수록 그들의 혀가 고급스러워져서 더욱 새로운 맛을 탐욕스럽게 요구한다는 것입니다." 그래서 아이스크림 회사는 더 맛있고, 더 새로운 것을 개발하지 않으면 금세 싫증내고 버림받

는다. 아주 까다로운 비즈니스다. 쉽지 않다.

새로운 맛의 이름을 잠깐 열거해보자면, 버블검, 피너츠버터, 당근케이크, 애플스트루들, 체리주빌레, 칼루아 같은 것도 있다. 어떤 맛인지 전혀 짐작이 가지 않지만, 한 번 정도 도전해보고 싶기도 하다. 일본에서도 매실맛이라든지 자몽맛이라든지 유자맛 같은 것이 나와도 좋지 않을까. 낫토맛이나 가다랑어맛 같은 건 좀 곤란하겠지만.

아이스크림 회사에게 또 한 가지 문제는 지방이다. 아이스크림을 먹으면 사람은 살이 찌고, 대부분 미국인은 지금 살찌는 문제에 무척 예민하기 때문이다.

"그렇지만요, 현재로서는 별로 그런 이유로 아이스크림 소비량이 줄진 않네요"라고 주인은 말한다. 어쨌든 미국인은 아이스크림을 좋아해서 설령 헬스클럽에서 세 시간 운동해서 땀을 흘리더라도 아이스크림은 참을 수 없다고 한다.

나한테는 맥주가 그렇다.

자기치료의 서핑

1985.1.20 지난 호에 아이스크림 얘기를 썼는데, 이번에는 서 퍼 이야기다. 연거푸 철 지난 소재여서 미안하다.

"요즘은 꽤 상황이 좋아졌지만, 내가 대학을 나온 1960년대 에는 서퍼는 전부 건달로 취급했어요"라고 얘기하는 사람은 하와이 대학에서 해양학을 연구하는 리처드 그리그 박사다. 그리그 박사는 예전에는 와이메아 만 최고의 서퍼였다. 48세 가 된 지금도 가장 우수한 서퍼 중 한 명으로 꼽힌다.

"그 무렵에는 정말로 심했어요. 하여간 내가 서핑을 한다는 사실만으로 아무도 내 연구를 인정해주지 않았죠. 남들 두 배 노력해서 뭔가를 발견해도 그 녀석은 행운아야라고 할 뿐이 었어요. 제대로 대우받기까지 상당한 세월이 걸렸답니다."

공화당 의원인 프레드 헤밍스 주니어는 윈드서핑을 했다는 이유로 정치활동에 많은 핸디캡을 갖게 되었다. 아무도 서핑 하는 의원을 신용하지 않기 때문이다.

부모들도 자식에게 서핑을 권하지 않았다. 야구나 축구와

달리 서퍼는 대학에 추천 입학도 시켜주지 않기 때문이다.

그러나 스포츠로서 서핑은 1960년대에 비하면 지위가 상당히 높아졌다. 서퍼도 1960년대에 비하면 기성체제를 거부하는 색채가 옅어지고, 마약이나 여자 문제로 말썽을 피우는 일도 줄어들었다. 서핑도 드디어 '이등시민'에 가깝긴 하지만, 스포츠 필드에서 시민권을 얻기에 이른 것이다.

"서핑의 훌륭한 점은 그것이 개인적인 스포츠라는 것이다"라고 어느 서핑 잡지의 에디터는 말한다. "서핑은 사람에게 순수한 의미의 정직함을 요구하며, 서핑을 통해 사람은 자신의 존재를 응시하게 된다. 파도 앞에 서면 사람은 다양한 공포와 직면한다. 그리고 그것을 극복하는 것을 배운다. 이것은 일종의 자기정신치료다."

자기정신치료라고 하면 약간 거창할지 모르겠지만, 올가을 태풍 전날 구게누마 해안의 파도는 엄청났다.

린다 론스태드가 홀로 자다

1985.12.20 〈GQ〉의 음악 칼럼니스트 벤 폰=토레스가 십일년에 걸쳐 〈롤링스톤〉에서 록스타를 인터뷰한 솔직한 후일담을 Q&A 스타일로 정리했는데, 이것이 상당히 재미있다. 하여간 뒷이야기만큼 재미있는 게 없다.

Q 브루스 스프링스틴의 얘기 좀 해주세요.

A 그를 인터뷰한 적은 없는데요. 그렇지만 아내가 메이시 백화점에서 브루스를 본 적이 있어요. 브루스는 그곳 란제리 매장에서 여자친구가 쇼핑을 마칠 때까지 기다리면서 어슬렁거렸다더군요. 〈본 투 런〉이 나왔을 무렵으로, 아직 외모가 아주 평범할 때였죠. 그래서 아내는 그를 "어라, 당신 혹시?" 하는 눈으로 보았대요. 그랬더니 브루스는 "맞아, 그런데 못 본 걸로 해줘" 하는 시선으로 답했다는군요. 물론 아내는 모두에게 다 떠들고 다녔지만요."

Q 당신, 록스타와 친구 이상의 관계가 된 적 있나요?

A 친구 이상이라……. 음, 있어요. 어느 더운 밤에 맨해튼
에서요. 내가 그녀의 인터뷰 기사를 쓰고 일 년 뒤의 일이
죠. 자, 빨리 다음 질문.

Q 가장 유감스러웠던 것은?

A 정평이 난 일이 있죠. 친구인 여가수가 ─그래요, **그** 친
구 ─ 라스베이거스에 가서 엘비스 프레슬리를 만날 계
획인데 같이 가지 않겠느냐고 했어요. 절대로 놓치고 싶
지 않은 기회였지만(편집자 주: 엘비스는 인터뷰를 싫어하기로
유명함), 나는 LA에서 스테픈울프의 존 케이와 인터뷰 약
속이 있어서 말이죠. 세상살란 고달픈 법이죠.

Q 기억에 남는 순간은?

A 밸런타인데이 밤에 무대가 끝난 후 린다 론스태드를 꼭
껴안아주고 싶었던 적이 있었어요. 그녀는 그 무렵 음반
을 대히트하고 아주 잘나갈 때였는데, 투어 콘서트로 호
놀룰루에 있었죠. 애인은 LA에 있었어요. 콘서트 끝난

233   뒤 내가 호텔까지 에스코트해주었는데, 엘리베이터를 기다리는 동안 그녀는 사이좋게 손을 꼭 잡고 지나가는 커플을 보았죠. 그리고 "나한테는 키스해줄 사람도 없네" 하고 불만스럽게 말했어요. 하지만 나는 **휘말리고 싶지 않더군요.**

참고로 이 기사의 제목은 '밸런타인데이 밤에 린다 론스태드가 홀로 잔 이유'다. 음, 뭐랄까⋯⋯.

묘석털이

19860105 묘석털이라고 하면 우리는 고대 분묘 이야기라고 생각하기 쉽지만, 현대에도 묘석털이의 후예는 멀쩡하게 존재하여 사회에 막대한 피해를 주고 있다.

코네티컷 주 파머타운 묘지에서는 지금까지 쉰다섯 개나 되는 묘석이 밤사이 홀연히 모습을 감춰버렸다. 하나같이 18세기 초에 만들어진 것으로 케루빔을 조각한 콜로니얼양식의 훌륭한 묘석이다. 그런 오래된 묘석은 일종의 민예품으로 수집가들 사이에서 고가로 거래되기 때문에 그걸 훔쳐서 암시장에 유통하는 무리가 등장한 것이다.

이를테면 맨해튼에서는 그런 묘석이 최고 3,000달러에 거래되어, 파티오_{안뜰}의 블랙스톤_{포석}이 되기도 하고, 커피 테이블로 전용되기도 한다. 참고로 그 묘석들은 뉴잉글랜드의 시골 묘지에서 조달해온 것이다.

묘석으로 커피 테이블을 만들다니 일본인이라면 생각할 수 없는 일이지만, 미국의 오래된 묘석은 장식성이 아주 뛰어나다보니 그리 나쁜 아이디어라 할 수 없다. 스티븐 킹 씨라면 이런 커피 테이블을 소재로 장편소설을 한 권 써낼 것 같다.

이런 대량의 묘석 도난 사건을 심각하게 본 당국은 (당연히 심각하게 볼 일이라고 나도 생각한다) 묘석 도난과 거래에 대해 최고 금고 오 년, 벌금 5,000만 달러를 선고하는 법률을 만들어 단속에 들어갔다. 또 묘지를 지키는 민간단체도 도둑맞은 묘석을 추적하는 데 전력을 기울여, 상당한 성과를 올리고 있다. 예를 들면 1966년에 코네티컷 주 하담에서 도난당한 어떤 묘석은 1983년에 소호의 한 갤러리에서 발견됐는데 1,950달러란 가격표가 붙어 있었다. 그것도 '콘스탄틴 베이커'라는 죽은 이의 이름이 새겨진 채로. 물론 그 묘석은 하담의 묘지로 되돌려졌고, 이런 묘석 거래는 단속으로 인해 지금은 주춤해졌다.

그렇다고는 하지만 언더그라운드 세계에서는 여전히 묘석이 컬렉터스 아이템으로 거래되고 있고, 추적당하지 않도록 교묘하게 절단한 묘석의 일부는 미술품으로 당당하게 시장에

나돌고 있다. 묘석 전부가 아니라 조각 일부만을 잘라 훔쳐가
는 묘석털이도 늘고 있다.

　이런 건 분명 누군가의 저주나 **재앙** 같은 것이 썰 거라고 나
는 상상하지만, 어떠려나?

제이 맥이너니의 밝은 등불(브라이트 라이트)

지금 미국에서 가장 주목받고 있는 젊은 소설가라고 하면 두말할 것도 없이 제이 맥이너니Jay Mclnerney다. 미국 잡지를 뒤적이다보면 그의 이름을 쉽게 볼 수 있다. 예를 들어 〈배너티페어〉에는 그가 모로코 탕헤르에서 전설적인 작가 폴 보울스를 찾아갔을 때의 회견기가 실려 있고, 〈피플〉에는 두 권째 장편 《랜섬》을 발표한 맥이너니의 인터뷰와 책 소개 기사가 실렸다. 아직 이십대이고 문자 그대로 따끈따끈한 핫 스터프다.

그의 데뷔작 《브라이트 라이츠, 빅 시티》는 나도 읽어보았지만 아주 재미있고 신선한 소설로, 평단은 완벽하게 무시했지만, 독자에게는 평판이 좋아서 신인작가로서는 이례적이고도 파격적으로 십오만 부라는 판매고를 기록했다. 오랜 세월 펄떡이는 '청년작가'를 배출하지 못한 미국문단과 언론은 그를 제2의 샐린저, 새로운 시대의 필립 로스라 치켜세우고 있으니, 그런 쪽에 흥미 있는 분은 원문으로 읽어보시길. 빈티

지북스에서 나온 《Bright Lights, Big city》의 가격은 5달러 95센트다.

맥이너니는 프린스턴의 장학금을 받고 이 년 동안 일본에서 지내다 돌아간 뒤에는 〈뉴요커〉의 교정국이라는 지상에서 가장 곤란한 곳 가운데 하나에 취직하여, 잘나가는 모델과 결혼해서 뉴욕의 밤거리를 순례하며 코카인을 빨아대는 화려한 세월을 보냈다. 이 생활은 몇 년 만에 파탄이 났지만, 《브라이트 라이츠, 빅 시티》는 이때의 경험이 소재가 되었다.

1980년에 그는 랜덤하우스에서 투고원고를 읽는 일을 맡게 되었다. 그곳에서 레이먼드·'무라카미 옮김'·카버를 알게 되어, 그가 창작수업을 하는 시러큐스 대학의 수업에 오지 않겠느냐는 제안을 받게 된다. 그리고 1983년에 데뷔작 《브라이트 라이츠, 빅 시티》을 완성한다.

언제나 냉정함을 잃지 않는 맥이너니지만(댄 애크로이드를 살짝 부드럽게 한 듯한 얼굴이다), 그 성공과 명성이 도래하는 속도가 너무 빠르다보니 아무래도 당황하고 말았다.

그는 말한다. "생활을 위해 밤에는 술집에서 아르바이트를 했죠. 그런데 그다음에는 비행기를 타고 할리우드에 따라가 신인작가랍시고 훌륭한 식사와 와인을 대접받았어요. 나의 에이전트에게는 신인작가를 팔려는 전화가 걸려와요. '이 사람은 제2의 제이 맥이너니가 될 겁니다' 하고."

일본에서도 미국에서도 신인작가의 회전속도는 무섭도록 빠르다.

손 흔드는 부자 父子

19860205 〈피플〉이라는 잡지는 주부를 대상으로 하는 가십지 같은 이미지로, 실제로 시시한 기사들이 많기도 하지만 그래도 잘 읽어보면 '벼룩시장'처럼 조금은 재미있는 기사를 건질 수 있다. 나는 그런 '도움은 되지 않지만 재미있는' 이야기를 꽤 좋아해서 비교적 열심히 이 잡지를 읽는다. 이를테면 이 '손 흔드는 부자' 얘기가 그 좋은 예일 것이다.

미국 일리노이 주의 남부에 타마로아라는 인구 구백 명의 자그마한 마을이 있는데, 그곳에 클래런스 채프먼(63세)과 새뮤얼 채프먼(36세)이라는 부자가 살고 있다. 채프먼 부자는 둘이서 '채프먼 상회'라는 고물상을 경영하는데, 뭐 그런 작은 마을에서 고물상을 해봐야 바쁠 일 없으니, 두 사람은 자연스레 가게 앞에 의자를 내놓고 한가로이 앉아 지나가는 차를 보며 햇볕을 쬐곤 한다.

이것뿐이라면 별 얘기도 아닌데, 채프먼 부자는 그것만으로는 지겨운지 길을 가는 차 한 대 한 대를 향해 나란히 손을 흔들어주는 것을 일과로 삼고 있다. 그것도 가볍게 손을 드는 게 아니라, "여어, 안녕하세요, 건강하시죠!" 하는 느낌으로 힘차게 열심히 흔드는 것이다. 한가해서라고 하면 그뿐이지만, 이런 건 보통 좀처럼 할 수 없는 일이다.

아버지는 퇴직한 기계공이고, 아들은 대학강사를 하다 그만두었다. "사우스일리노이 대학에서 이 년 동안 윤리학을 가르쳤지만 좀스럽게 경쟁하는 게 싫어서 그만두고, 아버지 가게 일을 돕기로 했어요"라고 아들 새뮤얼은 말한다. "길가에 앉아 지나가는 차를 향해 손을 흔든다고 돈을 버는 건 아니지만, 거기에는 정신과 육체가 하나되는 느낌이 있답니다."

그야말로 윤리학도다운 분석이지만, 그런 분석을 차치하더라도 조용한 시골 마을 길가에서 아무 하는 일 없이 앉아 이따금 지나가는 차를 향해 일일이 손을 흔드는 인생도 나름대로 즐거울 것 같다.

"여름이면 열두 시간 정도는 계속 그러고 있기도 해요" 하

고 새뮤얼은 말한다. "별것 아닌 다정한 인사로 사람의 마음
이 온화해지기도 하거든"이라고 아버지 클래런스는 말한다.

만약 51번 국도로 사우스일리노이를 지나가는 일이 있다면 클래런스 채프먼과 새뮤얼 채프먼, 이 '손 흔드는 부자'를 주목하길.

식품탐지견

미국으로 여행을 가본 적 있는 사람은 아시겠지만, 미국 공항에서는 해외에서 가져온 식품과 농산물에 대한 체크가 무척이나 까다롭다. 그러나 현실에서 한 개의 상한 오렌지가 캘리포니아 오렌지를 파멸시키고, 한 개의 상한 소시지가 구제역을 만연하게 했던 것을 생각하면, 미국 농무부가 식품 반입에 예민하게 구는 것도 물론 이해가 간다.

뉴욕 케네디 공항에는 지금 '베어'라는 이름의 래브라도 리트리버와 '잭팟'이라는 이름의 비글이 '식품탐지견'으로 활약하고 있다. 그들은 짐 속에서 고기라든지 망고라든지 감귤류 같은 반입 금지 식품의 냄새를 맡으면 멍멍 짖어서 조사관의 경계를 유발한다.

그들은 민감한 코로 지금까지 상당한 성과를 거두었지만 물론 실패할 때도 있었다. "너무 민감해서 레몬 라임 향이 나는 셰이빙크림까지 체크한다니까요" 하고 개 담당인 헐 핑거맨 씨는 말한다.

"하지만 그것이 셰이빙크림인지 아닌지 개가 어찌 알겠어요? 녀석은 그냥 비글인걸요."

사실 '베어'와 '잭팟'은 삼대째와 사대째인 '식품탐지견'으로, 초대와 이대째는 이미 은퇴하여 여유로운 나날을 보내고 있다. 그런데 이대째인 '척'은 좀처럼 **직업병**을 버리지 못하고 아직도 음식쓰레기를 내다버릴 때마다 옆에 꼿꼿이 앉아서 조사관을 기다린다고 한다. 영리한 개도 나름대로 사는 데 애로가 많을 것이다.

고생하는 건 개뿐만이 아니다. 그런 금지 식품을 압수하는 담당자 쪽도 아주 힘들다. 갖고 있던 식품을 전부 압수당하면, 대부분의 여성은 자신이 불합리한 처사를 당했다고 생각한다.

핑거맨 씨는 귀띔한다.

"망고를 몰수당한 여성은 여행용가방에서 머스터드 튜브를 꺼내 내게 뿌려댔어요. 역시 망고를 반입하려고 했던 다른 여성은—카리브 여성이었지만—한 시간이나 나를 따라다니

245 며 인형에다 바늘을 쿡쿡 찌르더군요."

정의가 어느 쪽에 있는가 하는 사실과는 관계없이, 여성에게 물건을 빼앗아서 행복해진 남성은 별로 없다.

침착침착　　두근두근　　　　　　걱정 마세요
　　　　　　　　　　　　　　재미있으니까

나의 속마음　무라카미 하루키의
　　　　　　　속마음

CHAPTER 2

걱정 마세요, 재미있으니까

도쿄 디즈니랜드

Illustrations_Mizumaru Anzai

우라야스는
바람이 강합니다

여기로 들어가면
드디어 디즈니랜드

어서오세요
디즈니랜드에

　내가 초등학생 때, TV에서 매주 하는 '디즈니랜드'라는 한 시간짜리 프로그램을 곧잘 보았다. 미국 디즈니랜드가 생긴 것이 1955년이니, 그 얼마 지나지 않아 이른바 동시대적으로 TV화면을 통해 디즈니랜드의 존재가 우리 일본 아이들에게도 알려진 것이다. 그러나 알려졌다고 해서 바로 갈 수 있는 것은 아니어서, 그뒤 약 사반세기의 세월이 흘렀고 나는 서른 네 살이 되었다. 그리고 지금 1983년 4월, 지바 현 우라야스의 매립지에 당당하게 도쿄 디즈니랜드가 완성되었다.

　기쁘냐고 묻는다면 그야 뭐 기쁘다. 현재 지바 현에 살고 있으니 근처에 놀러 갈 곳이 생긴 것은 대단히 감사하다. 그러나 시기적으로 너무 늦은 게 아닌가 하는 느낌도 없잖아 있다. 1950년대, 월트 디즈니, 우주소년 아톰 식의 휴머니즘을 이제 와서 갖고 온들 나로선 좀 곤란해요, 하는 느낌이랄까. 그래도 역시 가보고 싶다. 보고 오고 싶다. 심경이 복잡하다.

성인 3,700엔
학생 3,300엔

어린이 2,500엔

이 티켓으로 다양한 놀이기구를 탈 수 있습니다

249

이건 역시 재미있다! 그러나 3월 18일에 열린 '도쿄 디즈니랜 드 프리뷰'에 참석한 사람 중에 이렇게 골치 아파한 사람은 나 뿐이고, 같이 간 안자이 미즈마루 씨나 마쓰야마 다케시 씨, 〈넘버〉 편집부의 N씨 등은 모두 미국에서 디즈니랜드를 경험 했기 때문에 아주 익숙했다. 미즈마루 씨는 로스앤젤레스도 플로리다도 몇 번이나 갔다고 한다. "정말로 재미있어요?" 하 고 입구에서 의심스럽게 묻는 내게 미즈마루 씨는 "걱정 마세 요. 재미있으니까"라고 대답했다.

한편 다섯 시간 동안 디즈니랜드를 실제로 둘러본 결론을 말하자면, 이건 역시 재미있다. 아직 가보지 않은 사람에게 "정말 디즈니랜드가 그렇게 재미있습니까?"라고 질문을 받는다면 나도 미즈마루 씨처럼 "걱정 마세요. 재미있으니까"라고 대답할 것 같다.

디즈니랜드에 어떤 기구가 있고, 어떤 것이 준비되어 있는지는 여기서 굳이 언급하지 않겠다. 그런 건 다른 잡지나 TV에 얼마든지 소개될 것이고, 내 생각에는 가능하다면 그런 예비지식 없이 나처럼 완전히 백지상태에서 가길 바라기 때문이다. 좀더 바라자면, '어차피 어린애들 속임수겠지' 정도의 의혹은 품고 가는 게 좋을 것 같다. 그런 사람은 반드시 득을 볼 것이다. 무지는 현대에 누릴 수 있는 최고의 사치인 법이다.

우주 유영을 마친 나

비틀비틀

디즈니랜드에 왔으면 이걸 타야지

투모로랜드의 스페이스 마운틴

매혹적인 티키룸에서는
남국의 새와 꽃의
뮤지컬을 볼 수 있습니다

여러분
어서오세요
딸릴릴릴리

감탄한 세 가지 포인트 지극히 일반적인 얘기를 하자면, 도쿄 디즈니랜드의 장점은 세 가지 있다. 먼저 넓고 청결함, 두번째로 정성스럽게 만들었음, 세번째로 질릴 정도로 즐길거리가 많음. 이 세 가지는 지금까지의 일본 유원지에는 없던 특징이다. 넓은 걸로 말하자면 이건 엄청나다. 한 바퀴 둘러보는 데 일단 하루가 걸린다. 청결함도 결벽증이 있을 정도로 철저하여 원내 구석구석 미화원을 배치하여, 어떤 쓰레기든 십오 분 이내에 줍는 시스템으로 되어 있다. 내가 쏟은 팝콘은 십 초 만에 치워졌다. 대단하다. 그리고 세번째의 '즐길거리가 많음'에도 처음 가는 사람은 분명 놀랄 것이다. 기존 유원지 정도로 생각하고 가면, 이쯤에서 놀이기구가 다인가 싶은 지점에서 드디어 본격적인 놀이기구로 돌입한다. 그래서 "뭐야, 벌써 끝이야?" 하는 기분은 들지 않는다. 미국 레스토랑에서 먹는 바닐라 퍼지 정도의 볼륨이 있다.

그런데 가장 감탄한 것은 이래도냐, 어때, 하는 악의가 없고 전체적으로 참으로 순수하게 만들어졌다는 것이다. 그러면서 유치하지 않고, 손님을 질리지 않게 하는 점이 대단하다. 요컨대 그만큼 돈을 들인 것이다. 요금은 입장료나 탈것 이용료 합쳐서 대충 일 인당 4,000엔 정도인데 여기에 대해서는 비싸다고 하는 사람도 있을 테고, 그쯤 하겠지 하는 사람도 있을 테다. 그러나 기왕 입장했으면 요금에 대해서는 잊어버리고 모두 기분 좋게 신나게 즐기는 것이 남는 게 아닐까 생각한다. 이렇게 돈을 많이 들인, 천진난만한 낙천성이 언제까지 계속될지는 아무도 모를 일이니까.

253

원래 잘한다니까

컨트리베어잼버리는 곰틀의 명연주가 볼거리입니다

베이스

기타

바이올린

피아노

보컬

귀여운 풍선 팔아요
한개 250엔

빨간 코트

노란 양말

CHAPTER 3

올림픽과 별로 관계없는

올림픽 일기

7월 29일 (일)

아침에 일어나 식사를 하고 바깥을 한 바퀴 뛰고 와서 샤워를 하니 뜬금없이 〈아라비아의 로렌스〉 사운드트랙이 듣고 싶어졌다. 그래서 레코드를 듣는데 교도 통신 사회부라는 곳에서 전화가 걸려와, "지금 TV에서 올림픽 개막식을 중계하고 있는데 소감이 어떠십니까?" 하고 물었다. 집에는 TV가 없고, 올림픽에도 별로 흥미가 없다고 했더니, "그렇습니까, 실례했습니다" 하고 상대는 전화를 끊었다.

그러고 있다보니 근처에서 큰북 소리가 둥둥 들려왔다. 처음에는 〈아라비아의 로렌스〉 음악의 일부인가 생각했지만, 레코드가 다 돌아도 둥둥 하는 소리가 나서 여름축제의 북소리란 걸 알았다. 그러나 〈아라비아의 로렌스〉와 큰북 소리는 뜻밖에 잘 어울렸다.

다음으로 보비 젠트리의 '오드 투 빌리 조'가 들어 있는 LP를 틀었는데, 보비 젠트리와 큰북 소리는 그다지 어울리지 않았다. 그러다 머리가 아파서 레코드를 껐다. 동네 여름축제라

해도 나처럼 매일 집에서 일하는 사람에게는 꽤 성가시다. 특히 '후나바시온도船橋音頭' 같은 노래가 바람에 실려 들려오면 완전히 최악이다. 뇌가, 냄비에 연두부를 넣고 힘껏 흔들어 놓은 듯한 상태가 돼버린다. 그게 어떤 상태인지 잘 상상이 되지 않는 사람은 '후나바시온도'를 한번 들어보길 바란다.

그러고 보니 옛날에 '도쿄올림픽온도'라는 게 있었지. 그것도 참 듣기 괴로웠는데. '올리**이**임피**이**익의 얼굴과 얼굴'이라는 가사의 '이'음이 싫어서, 그 노래가 들릴 때마다 귀를 막았다. 나고야에서 만약 올림픽이 열린다면……이란 건 상상만 해도 끔찍하다.

7월 30일 (월)

여름 아침식사로는 뭐니 뭐니 해도 미역 샐러드만 한 게 없다. 믿을 수 없을 정도로 많은 양의 미역과 토마토와 양상추를 마구 섞어 특제 생강 드레싱을 뿌리고, 수북하게 담아 먹는다. 더운 여름에는 이것 이외의 아침식사는 일단 먹고 싶은 마음이 들지 않는다. 미역은 일본 여름 먹을거리의 금메달이다. 은메달은 냉국수, 동메달은 냉두부.

여름에 외국에 나가서 오래 있을 때 가장 곤란한 점이 미역이 없다는 것이다. 어째서 유럽사람은 미역을 먹지 않을까? 한번은 시애틀에서 페리보트를 탔더니 바다 밑에 거대한 미역이 하늘하늘 흔들리는 것이 보였다. 너무 아까워서 침이 흐를 뻔했다.

그건 뭐 그렇고 어제부터 올림픽이 시작되었다. 내 개인적인 감상을 말하자면 올림픽은 열린 해로부터 이십 년쯤 세월이 흐르지 않으면 아무래도 제맛이 나지 않는 것 같다. 나는 신품 올림픽은 도무지 좋아지지 않는다. 지금 시점으로 보면,

1964년의 도쿄 올림픽이 가장 좋은 맛이 나는 것 같다. 로마 올림픽도 괜찮다. 헬싱키, 멜버른이란 이름을 듣기만 해도 가슴이 설렌다. 네다섯 명이 모여 술을 마시면서 헬싱키 올림픽 기록영화를 보면 행복할 것 같다.

그런 이유로 이번 로스앤젤레스 올림픽에는 별로 흥미가 없다.

신주쿠에 나가서 〈아사히 신문〉의 센다 씨를 만나 원고를 건넸다. 센다 씨도 어제는 올림픽 개막식을 봤다고 했다. "개막식은 일단 보는 편입니다. 경기는 별로 흥미 없지만요, 그건 보게 되더군요"라고 했다.

그래서 은근히 신경 쓰여 친구 집에 전화했더니, "어, 그거 안 봤어? 볼만해, 개막식은. 엄청나게 많은 나라가 나오잖아"라고 했다. 그렇구나.

7월 31일 (화)

　오늘은 대학 때 친구인 마치코가 불러서 아내까지 셋이서 뉴오타니 호텔 수영장에 갔다. 뉴오타니 호텔의 수영장은 접의자 대여료가 1,000엔이다. 마치코 씨가 요전에 간 모 호텔의 수영장은 접의자 대여료가 무료이고, 로커룸 사용료가 1,000엔이었다고 한다. 참고로 뉴오타니의 로커룸은 무료. 세상에는 여러 시스템이 있구나 생각했다.

　내가 개인적으로 좋아한 곳은 아자부 프린스 호텔의 수영장으로, 지금은 없어졌지만 정말로 느낌이 좋은 수영장이었다. 우리 집에는 옛날부터 전통적으로 에어컨이 없어서 여름의 절정에 이르면 아자부 프린스 호텔에 머물며 줄곧 수영장에서 놀았다. 아자부 프린스 호텔의 수영장에는 아마 로커룸 사용료도 접의자 사용료도 없었던 걸로 기억한다. 방문을 드르륵 열면 그곳이 바로 정원이고, 정원을 곧장 나가면 수영장이 있다. 규모는 작지만 비교적 한산하고 수심도 있어서 수영하기 좋았다. 그렇다보니 외국인 가족들도 많았다.

261 　　이런 이야기를 했더니, "수영장은 잘 모르겠고, 아자부 프린스 호텔에 입점한 튀김 가게가 아주 맛있었죠"라고 하는 사람이 있었다. 그 사람은 아자부 프린스가 없어진 탓에 그 튀김을 먹을 수 없게 되어 몹시 속상하다고 했다. 사람은 각양각색이다. 세상에서 모든 튀김집이 소멸하는 것과 모든 수영장이 소멸하는 것 중 어느 쪽이 더 속상할까 잠시 생각해보았는데, 결론은 나지 않았다. 튀김도 먹고 싶고, 수영도 하고 싶다. 아주 어려운 문제다.

　　오늘은 신문을 읽지 않아서 올림픽에 대해선 잘 모르겠다.

THE
SCRAP

8월 1일 (수)

아침부터 줄곧 소설(《세계의 끝과 하드보일드 원더랜드》라는 장편소설입니다)을 쓰다가 오후 3시가 지나니 갑자기 모든 것이 지긋지긋해져서, 시내에 나가 영화를 보기로 했다. 영화를 보는 것은 비교적 오랜만이었다. 무엇을 볼까 잠시 망설이다가, 결국 시부야에서 〈하카리의 계절〉이라는 터키 영화를 보기로 했다. 터키 영화는 일본에서 거의 상영하지 않기 때문에 기회가 있을 때 봐두지 않으면 영영 보지 못하게 된다.

나는 어째선지 터키라는 나라가 참 좋다. 터키에는 아주 잠깐 들른 적이 있지만, 까슬까슬한 감촉이 느껴지는 신기한 나라였다. 꼭 한 번 더 시간을 들여 찬찬히 돌아보고 싶다. 베를린에 가면 터키인 거리가 있어서 온 거리에 케밥 냄새가 난다. 케밥 가게에 들어가면 마늘소금 같은 특수한 향신료가, 일본으로 말하자면 시치미고추, 참깨 등 일곱 가지를 빻아서 섞은 향신료처럼 테이블에 놓여 있다. 대개의 독일인은 어쩐지 싫어하지만 상당히 괜찮은 거리였다. 하카리라는 곳은 이란과의 국경 근처에 있는 마을로 고도가 높은 산중에 있다보니 문명과 단절된 곳이었다. 전기도 가스도 수도도 아무것도 없다. 영화는 그런 마을 사람들의 생활을 세미다큐멘터리처럼 그렸는데, 세세한 생활 묘사가 아주 재미있었다. 스토리 측면에서는 너무 진지해서 이따금 곤혹스러웠지만, 분위기 자체는 나쁘지 않았고 스토리와 관계없이 즐길 수 있어서 그다지 지루하지 않았다.

〈미드나잇 익스프레스〉라든가 〈아라비아의 로렌스〉를 보면 터키는 무섭구나 하는 생각이 드는데, 사실은 어떨까?

이렇게 오늘 하루도 올림픽과는 관계없이 보내버렸다. 저녁식사로 미역 샐러드와 메밀국수를 먹고 지인이 새로 시작한 가스미초의 바에 들러 보드카 토닉 두 잔과 하퍼 온더록스를 마셨다. 실비아 심와 사라 본의 음악을 틀어놓았다. 작업실로 돌아와 욕조에 몸을 담근 다음 잠을 청했다.

8월 2일 (목)

〈소설 신초〉의 마쓰이에(존칭 생략) 말로는 가스미초의 바에 가서는 술을 석 잔씩 마시면 안 된다고 한다. 그런 곳에서는 보통 두 잔 정도에서 그만하고 나가는 것이 요령이란다. 어렵기도 하지. 지바에 삼 년이나 살다보니 그런 실정에 완전히 어두워졌다.

그러고 보니 보드카 토닉을 두 잔째 마신 뒤 하퍼 온더록스를 마시는 것도 좋지 않았던 것 같다. 마시는 법에 품위가 없다.

최근 특히 술 마시는 순서가 뒤죽박죽 엉터리가 됐다고 나 자신도 생각한다. 생맥주를 두 잔 마신 뒤에 위스키를 마시고, 마지막으로 와인에 페리에를 타서 마시곤 한다. 이런 건 정말로 엉터리다. 욕망을 좇아 제멋대로 마신다고밖에 할 말이 없다.

가스미초 근방에 사는 평론가 마쓰이에의 얘기로는, 그쪽에서 마시는 사람은 대부분 업계 사람이 많아서 직업을 보면 ①광고 관계자 ②TV 관계자 ③스타 편집자 등이라고 한다. 스타 편집자에 관해서는 나는 잘 모른다. 그런 사람이 있다는 것 자체가 금시초문이어서, 깜짝 놀랐다. 내가 모르는 사이 국민계층이 다양하게 재편성되고 있는 것 같다. 그렇게 생각하면 지바라는 곳은 참으로 평화롭다. 농민과 샐러리맨밖에 없고 말이지. 그런데 내가 아는 편집자 중에는 스타 편집자가 별로 없는 것 같다. 하지만 기왕 말이 나온 김에 일단 스타성이 있는 편집자를 이곳에 세 사람만 불러서 개인적으로 표창을 하고 싶다.

금메달 ➡ 스즈키 지카라(신초), 이시카와 준의 만화에 나오는 캐릭터와 징그럽게 닮아서.

은메달 ➡ 야스하라 겐(마리클레르), 언제나 핫하게 유행하는 넥타이를 매서.

동메달 ➡ 니시야마 요시키(넘버), 어딘가 다녀올 때마다 세심하게 선물을 챙겨주어서.

8월 3일 (금)

나리타 공항에서 전화가 와, "별송품이 도착했으니 찾으러 와주세요"라고 해서 게이세이 전철을 타고 나리타까지 다녀왔다. 무진장 더워서 좌석에 앉아 있는데도 셔츠가 땀에 젖었다. 게이세이 전철에서 냉방장치가 된 곳에 얻어걸리는 건 참으로 어려운 일이다. 맷 데니스의 노래 가사를 빌리자면, 정직한 중고차 딜러를 만나기보다 어렵다.

별송품이라는 것은 보스턴에서 산 세면대와 수도꼭지다. 300달러나 했다. 그래서 투덜거렸더니 아내는 "어쩔 수 없잖아. 아오야마에서 사면 세 배는 더 줘야 하는걸"이라고 했다. 그렇게 말하면 한마디도 반론하지 못한다는 사실이 괴로운 지점이다. 나도 중고 레코드 같은 걸 사며 "디스크 유니온도쿄에 있는 중고 레코드숍에서 사면 세 배는 더 해"라고 하면서 레코드를 사모았으니까.

하여간 그래서 찜통더위 속에 나리타까지 갔다. 별송품을 인수하는 것은 익숙지 않으면 상당히 번거롭다. 먼저 플라잉

타이거스 사무실까지 가는 것이 힘든데, 도중에 세 번 정도 검문을 받는다. 사무실에서 서류를 받아들고 거기다 이것저것 적은 뒤, 그걸 들고 세관 사무실까지 가야 하는데, 항공사가 바쁠 때는 서식 같은 것도 제대로 가르쳐주지 않는다. 업자가 아닌 개인은 차별받게 마련이다. 그리고 세관 사무실에서 쾅쾅 도장을 찍고, 다음에 항공회사 창고로 가서 검사하는 곳까지 직접 짐을 나르고 장도리로 짐을 뜯어서 검사를 받고 다시 짐을 원래대로 해서 그걸 짊어지고 집까지 돌아간다. 이 절차가 약 한 시간 반.

세관 사람과 같이 짐을 뜯고 있는데 다른 세관 사람이 뛰어와서 "구시켄이 금메달 땄어!"라고 했다. 어째서 지금 구시켄이 금메달을 땄는가 의아하게 생각했더니, 이 사람은 체조선수로 권투와는 관계없다고 했다.

8월 4일 (토)

나이를 먹으니 평일 낮에 같이 놀아줄 친구(특히 여자)가 없어서 아주 난감하다. 뭐 당연한 얘기지만, 다들 평일 낮에는 성실하게 일을 하느라 바쁘다보니 나하고는 어울려주지 않는다.

옛날에는 이렇지 않았다. 두세 사람한테 전화하면 한 명 정도는 낮부터 여유롭게 시간을 비울 사람이 있었다. 서른을 넘기니 쉽지가 않다.

나는 여자 친구와 낮에 만나서 점심으로 튀김이나 장어를 먹고, 2시부터 영화를 보고, 영화관을 나와 어슬렁어슬렁 산책하다 저녁 무렵 바에서 술을 마시고 헤어지는 패턴을 옛날부터 좋아했다. 일찍 자고 일찍 일어나는 탓도 있어서 야간 데이트는 별로 좋아하지 않는다. 9시쯤 되면 꾸벅꾸벅 졸게 된다. 졸다가 결국…… 같은 일은 좀처럼 없다.

물론 그런 상대는 아내여도 좋지만, 아내는 장어도 튀김도 별로 좋아하지 않고, 영화 취향도 상당히 달라서 언제나 "그런 건 다른 사람하고 다녀와"라고 한다. 하지만 낮부터 뒹굴뒹굴하는 사람은 별로 없다.

이따금 혼자서 온종일 수영장에 있을 때도 있는데, 이것 역시 허무한 일이다. 카세트테이프도 두세 시간 들으면 지겨워지고, 주야장천 수영만 할 것도 아니고, 주위는 연인들뿐이어서 무척 지루하다.

요전에 옛날 여자 친구에게 전화가 왔다. 마침 점심때여서 반가운 마음에 "밥이라도 먹으러 가자" 그랬다가, "웃기지 마. 지금 셋째 아이가 배 속에 있어서 그럴 여유가 없어" 하고 보기 좋게 퇴짜맞았다. 자유업이라는 것도 나름대로 몹시 어려운 일이다. 올림픽과는 별로 관계없는 얘기지만.

8월 5일 (일)

나는 일단 자유업자여서 위크데이도 주말도 전혀 관계가 없다. 그래서 요일 감각 없이 매일 그날이 그날 같은 나날을 보내게 된다. 오늘이 무슨 요일인지 물어도 얼른 대답하지 못한다. 그저 화목토가 쓰레기 버리는 날, 월요일이 이발소 정기휴일이란 것만은 외우고 있어서, 이것이 요일 망각증의 최후 방지책이 되고 있다.

그런데 곤란하게도 내가 '자, 오늘은 이발소에나 갈까'라고 생각한 날은 언제나 월요일이다. 일주일은 칠 일이니까 목요일이나 토요일에 이발소에 가고 싶어져도 좋을 텐데, 그렇게는 되지 않고 이발소에 갈 채비를 한 뒤 '혹시' 하고 달력을 보면, 어김없이 월요일이다. 이런 경우 정말 짜증난다. 어째서 이렇게 되는지 이해할 수 없다. 참 경제적이지 못한 스타일이다.

나는 편도 한 시간 반, 630엔의 전철요금을 써서 센다가야에 있는 이발소까지 가기 때문에 만약 도착한 뒤에 휴일이란 걸 알면 충격이 크다. 그래서 하여간 월요일만은 동그라미를 두 개씩 그려놓고 주의하고 있다. 만약 이발소에 휴일이란 것이 없다면 나는 요일에 대해 거의 아무 생각 없이 지내지 않았을까 싶다.

어째서 요일 얘기만 이렇게 쓰고 있는가 하면, 오늘이 일요일이란 것을 까맣게 잊고, 수영장에 갔기 때문이다. 여름방학의 일요일 수영장은 야마노테 선 전철에서 물놀이를 하는 것과 다름없다. 접의자를 빌리는 데 한 시간이나 기다렸다. 접의자 대여료에 자꾸 집착하는 것 같지만, 이곳(다카나와 프린스)은 500엔이다.

밤에는 '온 선데이스'에서 프리츠 랑 감독의 〈메트로폴리스〉를 보았다. 오늘도 올림픽과의 접점은 없었다. 그래서―는 아니지만―소다수를 섞은 하퍼 네 잔과 맥주 세 병을 마셨다.

8월 6일 (월)

　오늘은 호텔에 묵고 있어서 처음으로 TV로 올림픽 중계를 보았다. 〈넘버〉의 니시야마 요시키 씨의 싱글벙글 웃는 얼굴이 화면에 비치지 않을까 눈을 부릅뜨고 보았지만, 역시 보이지 않았다. 그는 빡빡한 스케줄에 틈을 내서 영화 〈고스트 버스터스〉를 보았을까, 남의 일인데 오지랖 넓게 걱정이 된다. 〈고스트 버스터스〉는 정말로 재미있어서 난 두 번이나 보았다.

　그런데 이날 아침 내가 본 것은 물론 여자 마라톤이다. 전날 밤에 일찍 잔 탓에 8시 45분부터 녹화방송을 보았다. NHK 아나운서가 조앤 베노이트와 그레테 와이츠의 이름을 섞어 '존 와이츠'라고 소리치는 것이 우스웠다. 가끔 TV를 보면 웃긴 게 많다. 이불과 게가 나오는 광고도 웃겼다. TV에 나오는 사람들은 모두 흥분한 것 같았다.

　그리고 이 아나운서는 "그린벨트에는 해홍두가 심어져 있습니다. 산호나무입니다"라고 설명했지만, 산호나무가 대체 뭐지? 설명이 너무 부족한 거 아닌가 싶었다.

아내가 내게 "저기 선두에 달리는 사람 어깨에 내려온 끈은 브래지어 끈일까? 아까부터 거슬리는데"라고 질문했다.

그런 걸 나한테 물으면 곤란하지만, 뭐 상식적으로 생각해서 여자의 어깨에서 끈이 보이면 당연히 브래지어나 뭐 그런 유의 끈이지 않을까. 아무리 로스앤젤레스이지만 22구경의 홀스타 벨트를 매고 마라톤에 출전하지는 않을 테니. 일일이 그런 질문 안 했으면 좋겠다.

그랬더니 아내는 "뭔가 특수한 게 있나 했지"라고 했다.

여자 마라톤 선수가 브래지어 이외에 뭔가 특수한 것을 유방에 장착하고 달린다는 얘기는 들어본 적이 없어서, 그런 건 없을 거라고 나는 대답했다.

경기 자체에 관해서는 별다른 감상 없음.

8월 7일 (화)

오늘은 작업실에 틀어박혀 종일 소설을 썼다. 제대로 된 소설을 쓰는 것은 팔 개월 만, 장편을 쓰는 건 이 년 반 만이다. 즐겁다.

밤 9시가 되니 피곤해서 위스키를 마실까 하고 작업실 근처에 바 같은 곳을 찾았지만, 제대로 된 곳이 한 집도 없다. 어느 가게나 문을 열면 가라오케 시설이 눈에 들어와 얼른 닫아버렸다.

나는 하여간 가라오케만큼 싫은 게 없다. 가라오케에서 노래하는 것도 싫고 가라오케에서 노래하는 사람을 보는 것도 싫다. '가라오케'라는 이름도 마음에 들지 않는다. 'I♡하라주쿠'라는 배지만큼이나 마음에 들지 않는다.

그래서 근처 가게에서 위스키와 얼음을 사와서 혼자 홀짝홀짝 마셨다. 그리고 술을 마시면서 'I♡하라주쿠'와 '좋아해요, 홋카이도' 중 어느 게 더 불편한가 생각해보았다. 둘 다 똑같다. 우열을 가릴 수 없다.

나는 원래 남들 앞에서 얘기하고, 개인기를 보이고, 노래하는 걸 좋아하지 않는다. 가장 최근에 사람들 앞에서 노래한 것은 팔 년 전인데, 그때 부른 노래는 '이누노오마와리상_{개 순경아저씨}'이라는 동요였다. 다시 떠올려봐도 불쾌하지만, 내게 '이누노오마와리상'을 시킨 것은 '생활향상위원회'라는 재즈 그룹에 있던 하라다라는 술버릇 나쁜 피아니스트다. 하라다가 주정을 부리며 나한테 억지로 '이누노오마와리상'을 부르게 했다. 재즈 뮤지션과 어울려서 좋았던 적이 없다.

내가 부른 '이누노오마와리상'은 귀여운 안무가 있어서 이걸 하면 아주 반응이 좋다. 하지만 심각하게 반응이 좋다보니 나는 하고 싶지 않다.

여기까지 쓰니, 올림픽과 전혀 관계없는 얘기가 돼버렸다. 난처하다. 난처해서 멍멍멍_{이누노오마와리상에 '난처해서 멍멍멍'이라는 가사}가 나옴이다.

8월 8일 (수)

　신문의 TV 관련 지면에서 올림픽 중계란을 보면 유도 해설에 우에무라 하루키上村春樹 씨라는 사람이 있다. 어떤 사람인지 한번 보고 싶기도 하지만, 그 사람을 보려고 이웃 전자제품 매장에 가서 TV를 보는 것도 귀찮은 일이다. 유도에도 전혀 관심이 없을뿐더러.

　도호 영화사의 고질라 영화에는 언제나 무라카미 후유키村上冬樹라는 배우가 나왔다. 이 사람은 점잖은 사무라이 역으로 유명한 사람이어서 아는 사람도 많을 것이다. 나는 어릴 때부터 이 '무라카미 후유키'라는 이름이 '무라카미 하루키村上春樹'보다 훨씬 좋았다. 후유키 쪽이 무게도 있고 금욕적이며 과묵한 느낌이다. 〈7인의 사무라이〉의 미야구치 세이지 같은 분위기다. 하루키라는 이름은 그에 비해 밝긴 하지만, 좀 가벼운 것 같다. 그러나 서른다섯이나 되니 '하루키'에 완전히 익숙해져서 이제 불만 같은 건 없다.

　기치조지에서 '구와란도전설의 라이브하우스로 불리는 카페'를 경영했던 무라세 하루키村瀬春樹라는 사람도 있다. 안자이 미즈마루 화백은 이 무라세 하루키 씨와 아는 사이여서 내가 문예지에 서 신인상을 받아 신문에 났을 때, 이 무라세 씨라고 믿고 철 석같이 "축하한다"고 전화까지 했다고 한다. 중요한 얘긴 아 니지만, 이 사람은 아내의 대학시절 동아리 선배이기도 하다. 아내 말로는 "당신보다 훨씬 야무지고 훌륭한 사람이야"라고 하는데, 내 알 바 아니다. 이름이 비슷하다는 것만으로 인간 성까지 비교당할 이유는 없다.

가도카와쇼텐일본의 대형 출판사에 근무하는 누군가에게 "대성할 이름입니다"라고 칭찬을 들은 적이 있는데, 상대가 상대인 만 큼 아주 설득력이 있었다.

8월 9일 (목)

다시 수영장 접의자 얘기다. 수수께끼의 유부녀 편집자 요시사코 스가코 씨 얘기로는 도요시마엔 수영장에서는 접의자 대여료가 웬걸 2,000엔이나 한다고 한다. 2,000엔은 비싼 것 같다. 또 그녀가 얘기하기를 도요시마엔 수영장에서 일요일에 수영하고 있으면, "거기요, 수영하지 마세요!" 하고 주의를 받는단다. 뭔가 J.G.발라드의 근미래소설 같은 얘기다.

오늘은 목요일이어서 센다가야의 이발소에 갔다. 저녁 무렵에는 항상 복잡한데 오늘은 어쩐 일로 한가했다. 기다리는 동안 읽으려고 기껏 로버트 B.파커의 《확장하는 소용돌이The Widening Gyre》를 들고 갔더니, 이런 날 하필 이발소는 비어 있다. 이발소란 참 난해한 곳이다. 나는 부자가 되면 목소리가 예쁜 일본의 여자대학 출신의 비서를 고용하여 이발할 동안 로버트 B.파커의 소설을 낭독하게 하고 싶다. 나는 옛날부터 비서를 고용한다면 여자대학 출신이면 좋겠다고 생각했다. 실제로는 어떨까?

이발소에서 머리를 깎는 동안 오늘은 진구 구장에서 야쿠르트 대 한신 경기가 있다는 사실이 떠올랐다. 그러고 보니 올해는 아직 한 번도 야간경기에 가보지 못했다. 가끔은 야쿠르트 스왈로스를 응원하러 달려가서 '채찍으로 맞는 아라비아의 로렌스' 같은 마조히스틱한 쾌감에 젖는 것도 괜찮을 것 같아서 그대로 진구 구장으로 갔다.

그런데 어이쿠! 십칠 대 사입니다요! 솔직히 말해서 이렇게까지 제대로 채찍질당할 줄은 몰랐다. 그것도 드물게 오 연승 중에다가, 8회까지는 꽤 정신없는 시소게임이어서 야쿠르트도 조금 정신을 차렸는가 했는데, 9회 초에 나카모토가 얻어맞아 십일 점이나 줘버렸다. 한 명의 투수가 자책점 십일 점인 시합이라니 이건 너무하다. 한 회에 십일 점이나 빼앗길 정도라면 다들 그 자리에서 죽은 척 뻗기die in라도 해서 시합을 포기하는 편이 훨씬 낫다. 진심으로 그렇게 생각한다. 아사다 아키라 씨와 아주 닮은 맥주 파는 아이를 발견한 것이 오늘의 유일한 수확이었다.

8월 10일 (금)

로버트 B.파커를 다 읽고(정말 순식간에 다 읽었다), T.E.로
렌스의 《지혜의 일곱 기둥》을 계속해서 읽었다. 아주 재미있
는 책이지만 무섭게 난해할 뿐만 아니라, 독해불능인 문장이
잇따라 등장해서 주춤주춤하게 된다.

예를 들면, '어쨌든 지배하에 있는 사람들이 그 의지의 자동
성이 위축되지 않고, 언제든 바로 직속상관의 직무를 물려받
겠다는 각오를 하고, 완전한 질서를 유지하고 있다는 약한 가
설과는 무관하게, 또한 위대한 계급조직 안을 원활하게 옮겨
가서 드디어 두 사람의 생존 병사가 상급자에게 물려받을 지휘
의 효과 등과는 상관없이 우발 사건은 일어난다.'(제3권 92장)

내 머리가 나쁜 탓이라고 생각하지만 이런 문장은 두세 번
읽어도 무슨 말인지 도통 알 수가 없다. 뭐, 한 열 번 정도 읽
다보면 대충 의미가 파악되지만.

나는 공포영화 팬인 만큼 〈악마의 성〉을 보러 갔다. 〈13일
의 금요일〉 최종편과 동시상영한다. 〈13일의 금요일〉 시리즈

는 언제나 머리 나쁜 여자들이 잔뜩 나와서 마구 옷을 벗다가 순식간에 살해당하는 한 가지 패턴이어서 별로 보고 싶지 않았지만, 시간이 남아 일단 보았다. 여전히 심했지만 뭐 이번에는 쌍둥이 자매가 나오는 섹스 장면이 있으니 용서한다. 쌍둥이가 나오면 나는 뭐든 바로 용서해버린다. 그런데 꺄악꺄악 비명을 질러대는 머리 나쁜 여자들을 일일이 꼼꼼하게 죽이는 제이슨 씨를 보다가, 마지막에는 동정심까지 생겼다. 희한한 일이다. 한번 하라주쿠 쪽에 초대하고 싶다. 〈악마의 성〉은 목적은 나쁘지 않지만, 수가 다 드러난 심리극 같은 과장된 대사와 이십 년 전 도호 영화에나 나올 법한 조잡한 괴물이 흥을 깬다. 그리고 괴물을 봉인하는 역할의 정령 같은 아저씨(〈필사의 도전〉에서 셰퍼드 중위를 했던 사람)가 "좀 하고 싶어서"라며 의미도 없이 여자를 유혹하는 것은 좋지 않다고 생각한다.

나는 항상 호쿠토샤라는 곳에서 만든 원고지에다 원고를 쓰는데, 지금은 어쩌다보니 분카 출판국용 원고지에 이 글을 쓰고 있다. 아마 가끔은 기분전환을 하고 싶어서일 것이다.

출판사의 이백 자 원고지로는 가도카와쇼텐의 〈더 텔레비전〉이라는 잡지에서 만든 것을 좋아한다. 원고지 칸 색이 펠리컨의 로열블루 잉크와 잘 어울리는 이유도 있을지 모른다. 은근히 그런 세세한 것을 신경 쓰는 성격이다. 분카 출판국의 원고지는 칸이 녹색이어서 그런 의미에서 내 마음에 들지 않는다.

그런데 그 가도카와쇼텐의 〈더 텔레비전〉을 뒤적뒤적 넘기다보니, 13일 9시부터 올림픽 남자 마라톤 중계를 하는 것 같았다. 나는 언제나 마라톤 중계는 오다큐 선의 교도에 사는 여자 친구(라고 해도 대학동창이니 벌써 서른여섯이다)네 집에 TV를 보러 가는데, 이번에는 아침 일찍이어서 출근 전철을 타고 지바에서 교도까지 일부러 나가기는 너무 수고스러웠다.

그래서 근처 전자제품 매장까지 가서 렌털 TV는 없는지 물어보았다. 당연히 있습니다요, 라고 해서 기분 좋게 돌아왔다. 이것으로 준비는 완벽하다. 이제 세코 선수가 잘 뛰어주길 바랄 뿐이다.

갑자기 딴 얘기지만, 월터 힐의 〈스트리트 오브 파이어〉는 포스터가 별로 좋지 않은 것 같다. 거친 터치의 목판화 풍인 미국판 포스터는 아주 좋았는데, 일본판은 촌스러운 삼류 로큰롤영화 같다. 하지만 영화는 극화 같은 느낌으로 상당히 재미있었다.

로스앤젤레스에서 니시야마 요시키 씨한테 〈고스트 버스터스〉를 보지 못했다는 엽서가 왔다. 취재를 아주 성실하게 하고 있는 것 같다.

8월 12일 (일)

오늘은 편지를 한꺼번에 다섯 통이나 썼다. 나는 정말로 편지쓰기를 귀찮아해서 아직도 써야 할 편지가 열다섯 통이나 남았다. 미안하다고 생각은 하지만, 직업이 직업이니만큼 자, 한숨 돌리고 편지라도 쓸까 하는 마음이 좀처럼 들지 않는다. 편지를 쓰느니 게임센터에 가는 편이 즐겁고 기분전환도 된다. 그리하여 써야 할 편지가 점점 쌓인다.

옛날에 유명한 작가들은 다들 서간집을 냈던데 그건 어째서일까? 아마 교양과 여유가 있고 게임센터가 없었기 때문일 거라 생각한다. 그런 요소가 전부 반대인 것이 내 처지이니 이건 어쩔 수 없다고 말하고 싶지만, 그런 말만 하고 있을 수도 없으니 머잖아 또 몰아서 편지를 쓸 것이다.

답장이 늦어진 여러분, 죄송합니다. 무더운 날이 계속되고 있습니다. 지금 막 '제비우스' 이십만 점의 고지에 도전하고 있습니다. 이건 아주 어려운 일입니다. 오카 미도리 씨 냉국수 고맙습니다. 기노시타 요코 씨 아기는 잘 크나요?

자, 드디어 올림픽도 앞으로 하루 남았다. 이 올림픽 일기도 올림픽에 관해서는 거의 언급하지 않은 채, 앞으로 한 번 남았다. 그러나 내일은 대망의 남자 마라톤이다. 이것만 있으면 나머지 올림픽이야 아무것도 상관없다고 할 정도로 좋아하는 남자 마라톤이다. TV도 잘 나오도록 준비해두었고, 캔맥주는 냉장고에 차게 해두었고, 조깅화도 머리맡에 잘 채비해두었고 (라는 건 거짓말), 이제 만반의 준비가 되어 있다. 무척 기대된다. 내일을 기다리지 못해서 저녁 무렵 근처 운동장을 15킬로미터 달렸다. 내가 달린다고 어떻게 되는 건 아니지만.

8월 13일 (월)

남자 마라톤을 보았다. 세코 선수가 졌다. 유감이다.

그러나 이미 지난 일이고 어쩔 수 없다고 생각한다. 경기니까 이길 때도 있고 질 때도 있는 법이다. 보는 사람도 유감스럽지만 보는 사람은 자기가 달린 게 아니니까 아무리 유감스러워해도 소용없다. 진 것은 진 것이니 얼른 단념하는 게 최선이다.

내가 가장 싫어하는 것은 앞으로 꾸역꾸역 나올, 찰거머리 같은 언론의 논평이다. 세코 선수는 로봇이네, 감독의 작전 실패네, 근성이 부족하네. 마쓰다 아케미 선수 때도 그랬지만, 마쓰다의 정신력은 마쓰다 개인의 문제이지 남들하고는 관계없는 일 아닌가? 거듭 말하지만 이길 때도 있고 질 때도 있는 것이다. 이기든 지든 따뜻하게 맞아주는 것이 도리라고 생각한다. 사소한 것을 들먹이며 안 해도 좋을 논평을 하는 것은 프로야구 정도에서 그쳤으면 좋겠다.

이런 말은 별로 하고 싶지 않지만, 일본 언론의 올림픽 소동은 항상 그렇지만 좀 별나다. 이 〈넘버〉라는 잡지는 일단 스포츠 전문지이니 그렇다 치더라도, 세코 선수, 마쓰다 선수, 나카사키 선수 등에 대한 집중호우 같은 어마어마한 매스컴 공세는 정말로 넌덜머리난다. 내가 만약 세코 선수 입장이었다면 지금쯤 아마 머리가 돌아버렸을 것 같다. 스트레스가 엄청날 것이다. 취재하는 쪽도 일이니 여러모로 힘들겠지만, 만약 진심으로 세코 선수가 이기길 바란다면 그만 좀 내버려둘 수 없을까? 고교야구든 올림픽이든 제발 좀 적당히 해줬으면 한다.

옮김_ 권남희

일본문학 전문 번역가. 무라카미 하루키의 《저녁 무렵에 면도하기》《채소의 기분, 바다표범의 키스》《샐러드를 좋아하는 사자》 등 '무라카미 라디오' 시리즈를 비롯해 우타노 쇼고의 《봄에서 여름, 이윽고 겨울》, 마키메 마나부의 《위대한 슈라라봉》^{비채근간}, 그밖에 《질풍론도》《누구》《배를 엮다》《애도하는 사람》《밤의 피크닉》 등 다수의 작품을 우리말로 옮겼고, 《길치모녀 도쿄헤매記》《번역에 살고 죽고》《번역은 내 운명》^(공저) 등을 썼다.

'더 스크랩'

1판 1쇄 발행 2014년 2월 20일 **1판 3쇄 발행** 2014년 2월 25일

지은이 무라카미 하루키 **옮긴이** 권남희
펴낸이 박은주
책임편집 장선정 **편집** 이승희 김은영 박은경
책임디자인 정지현 **디자인** 이경희 조명이 길하나 이연진 지은혜 이은혜
저작권 차진희
마케팅 공태훈 주현욱 박치우 백선미 김새로미 정성준 이헌영
온라인기획 김도윤 신화진 기원재 고은미
제작 안해룡 박상현 이종문 **경영지원** 송정윤 이연숙 김혜진 송은경 강은경
제작처 민언프린텍 정문바인텍 대양금박 금성엘엔에스

발행처 도서출판 비채
주소 서울특별시 종로구 북촌로 63-3 (110-260)
등록 2005년 12월 15일 (제300-2005-212호)
주문 및 문의 전화 031)955-3200 **팩스** 031)955-3111
편집부 전화 02)3668-3295 **팩스** 02)745-4827 **전자우편** viche@viche.co.kr
비채 카페 http://cafe.naver.com/vichebooks

ISBN 979-11-85014-47-0 03830 책값은 뒤표지에 있습니다.